Tormento

John Boyne

Tormento

Tradução:
CARLOS ALBERTO BÁRBARO

O selo jovem da Companhia das Letras

Copyright © 2009 by John Boyne

O selo Seguinte pertence à Editora Schwarcz S.A.

Grafia atualizada segundo o Acordo Ortográfico da Língua
Portuguesa de 1990, que entrou em vigor no Brasil em 2009.

Título original
The Dare

Capa
Alceu Chiesorin Nunes

Foto de capa
Oscar Poss/ DPA/ Corbis/ Latinstock

Preparação
Bárbara Prince

Revisão
Luciana Baraldi
Viviane T. Mendes

Dados Internacionais de Catalogação na Publicação (CIP)
(Câmara Brasileira do Livro, SP, Brasil)

Boyne, John

Tormento / John Boyne ; tradução Carlos Alberto
Bárbaro. — 1ª ed. — São Paulo : Seguinte, 2015.

Título original: The Dare.
ISBN 978-85-65765-56-5

1. Literatura juvenil I. Título.

12-12460   CDD-028.5

Índice para catálogo sistemático:
1. Literatura juvenil 028.5

2015

Todos os direitos desta edição reservados à
EDITORA SCHWARCZ S.A.
Rua Bandeira Paulista, 702, cj. 32
04532-002 — São Paulo — SP
Telefone: (11) 3707-3500
Fax: (11) 3707-3501
www.seguinte.com.br
www.facebook.com/editoraseguinte
contato@seguinte.com.br

Tormento

Romana

UM

Começou na tarde de uma quarta-feira, em julho, poucos dias depois do início das férias.

Eu tinha passado a tarde jogando bola com o Luke Kennedy. Ele morava com a mãe e o namorado dela na casa ao lado da nossa. O pai dele não morava mais lá. Ele tinha se mudado uns dois anos antes, um dia depois do décimo aniversário do Luke. Para compensar, no fim de semana em que foi embora ele levou o Luke para ver o Norwich pegar o Arsenal. O Norwich perdeu.

Não tinha ninguém em casa quando entrei, o que era estranho. Eram só quatro e meia e eu sabia que o papai ainda levaria uma hora pra chegar, mas não era normal a mamãe estar na rua a essa hora. Fui até a cozinha, abri a geladeira e tomei um pouco de leite direto da caixa. Eu gostava de ficar sozinho em casa, mas era melhor quando isso acontecia perto do Natal e eu podia procurar os presentes escondidos. Não dava pra fazer isso no verão.

Assim, subi as escadas e parei na porta do quarto do Pete. Ele tinha começado a faculdade em outubro e devia ter voltado no verão para trabalhar com o papai na loja, mas ligou uns dias antes e disse que em vez disso iria viajar de trem pela Europa com os amigos.

— Que novidade — papai disse depois de desligar. — Ele promete uma coisa e depois não cumpre.

— Ele é jovem — mamãe disse. — Não dá pra condenar. — Ela sempre defendia o Pete, porque ele era o seu queridinho. Todo mundo dizia que ele parecia um galã de cinema e que levava qualquer um na conversa.

— Não liga — vovó me disse certa vez. — O cérebro da família é você, e além do mais aparência não é tudo.

Aquilo me deixou todo convencido.

Pete levou a maioria das coisas dele para a faculdade — bem, pelo menos tudo o que era legal. Quando ele foi pra lá eu torci para ele deixar o som, porque era melhor que o meu, mas ele não deixou. E levou também quase todos os cds, deixando os que não prestavam empilhados atrás da porta. O guarda-roupa ficou quase vazio. Os cabides pareciam esqueletos.

Na parte de cima do guarda-roupa ele deixou uma caixa cheia de coisas que ainda queria, mas que não dava pra levar. A caixa estava lacrada com fita-crepe, mas uma vez, quando não tinha ninguém em casa, eu abri para dar uma espiada nas revistas que ele guardava lá. No dia seguinte, comprei um rolo de fita-crepe só pra mim, assim eu poderia abrir a caixa e folhear as revistas quando quisesse. Depois era só passar mais fita pra ninguém descobrir.

Sentei na cama dele e desejei que ele estivesse ali pra gente conversar. Pete não era como os outros irmãos mais velhos que eu conhecia, que ainda estavam no colégio. Esses sempre ignoravam os irmãos mais novos quando encontravam com eles, mas o Pete nunca fez isso.

8

Fui pro meu quarto e olhei pela janela. Luke Kennedy estava falando sozinho, abaixado ao lado da bicicleta, olhando o pneu traseiro pra ver se não estava furado. Eu não queria que ele me visse, então agachei atrás do parapeito e fiquei espiando até ele entrar em casa.

Demorou um bom tempo para eu cogitar que algo ruim tivesse acontecido.

— Aí está você — papai me cumprimentou quando chegou. A essa altura eu estava estirado no sofá, vendo tevê. — Como foi o seu dia?

— Legal. Andei de bicicleta com o Luke. Depois jogamos bola.

— Deviam proibir as bicicletas na rua — ele disse, balançando a cabeça. — São uma ameaça.

— Talvez eles devessem proibir *os carros* de andar na rua — eu respondi. — E obrigar todo mundo a andar de bicicleta. Tem muita poluição por aí, na minha opinião. — Falei isso porque o noticiário tinha acabado de mostrar uma matéria sobre poluição.

— Genial, Danny — papai disse, dando umas batidinhas na minha cabeça, como se eu fosse um cachorrinho. — Isso resolveria o problema. — Eu nem respondi. Papai sempre achava que estava sendo engraçado quando jogava um sarcasmo. — Cadê a sua mãe? — ele finalmente perguntou, olhando ao redor. Ele parecia espantado por ela não estar ali parada com os chinelos dele e uma xícara de chá.

— Ela não estava aqui quando eu cheguei.

— E que horas foi isso?

— Quatro e meia.

— Estranho — ele disse, dando uma espiada no relógio. — E ela não ligou para avisar que estava saindo?

— Não.

— Nem deixou um bilhete?

— Não vi bilhete nenhum — eu disse, depois de pensar um pouco. — Mas também não procurei.

Normalmente, quando sabia que ia demorar, a mamãe deixava uma mensagem no bloquinho ao lado do telefone. Eu tinha me esquecido de olhar ali quando voltei. Papai foi até o corredor e voltou em seguida, balançando a cabeça.

— Nenhum recado — ele disse. — Alguma coisa deve tê-la atrasado. Você tá com fome?

Pensei no assunto.

— Morrendo! — respondi.

Lá pelas oito, a mamãe ainda não tinha voltado pra casa e o papai estava começando a ficar preocupado. Ele ligou para uns amigos, mas eles também não sabiam dela. Eu tinha certeza de que ele queria ligar para mais gente, mas aquilo já tinha acontecido antes e dado confusão. No fim a mamãe tinha encontrado uma conhecida na biblioteca, elas tinham saído pra beber e acabaram demorando mais do que pretendiam.

— Quer dizer que eu não posso ter vida própria? — ela perguntou quando soube que ele tinha ligado para um monte de gente. — Ou será que eu tenho que pedir permissão pra você antes de fazer qualquer coisa?

— Não — papai disse, sorrindo para ela ao responder a primeira pergunta. — E sim.

Como sempre, ele achava que estava sendo engraçado. Mas depois ela passou uns dias quase sem falar com ele, e o Pete e eu tivemos que preparar as refeições, porque o papai alegava que não conseguia nem ferver água sem queimar tudo.

— É melhor você ir pra cama — ele disse lá pelas nove e meia, quando ela ainda não tinha voltado.

— Mas eu estou de férias. Não tem escola amanhã de manhã.

— Ainda assim, você precisa dormir. Então por favor faça o que estou mandando, rapazinho.

Normalmente eu teria feito um pouco mais de manha, mas dava pra ver que ele estava preocupado. Eu também estava começando a me preocupar, e achei que seria melhor fazer isso sozinho no meu quarto em vez de ali embaixo com ele. Então fui lá pra cima e pus um CD pra tocar, mas desliguei o aparelho logo em seguida, porque não queria perder o som da mamãe girando a chave na fechadura lá embaixo.

Fui até a janela e olhei pra fora. A janela da sra. Kennedy ficava de frente para a minha e de vez em quando, ao fechar a cortina antes de deitar, eu a via no quarto dela. Teve uma vez que eu a vi de sutiã e fiquei supervermelho, mesmo estando só eu no quarto. Ela não percebeu que eu estava ali olhando, mas quando puxei a cortina tive a impressão de vê-la virar a cabeça. Depois disso fiquei meses sem encarar a sra. Kennedy.

Vesti o pijama e olhei para os meus pés, tentando mexer um dedo de cada vez sem mover os outros junto, mas não consegui.

Estava lendo *David Copperfield*, do Charles Dickens, mas quando tentei retomar a leitura, não consegui me concentrar e repeti a mesma linha um monte de vezes.

Então ouvi o som de um carro descendo a rua, mas não

era o som que o carro da mamãe fazia. O dela era um carrinho popular, que ela chamava de Bertha, o que sempre me fazia rir. Se bem que, num dia que fiquei zangado, eu disse a ela que era estúpido dar nome a um carro, e ela disse que eu não devia levar tudo tão a sério, que era apenas uma piada. Primeiro eu pensei que o carro ia passar direto, mas depois ouvi ele parar, o motor ser desligado e as portas serem abertas e fechadas.

Abri a porta do meu quarto e segui até o patamar das escadas, de onde dava para ver o corredor lá embaixo sem que ninguém me visse. A campainha tocou, o papai apareceu, caminhou ligeiro até a porta e abriu. Mamãe estava parada do lado de fora, sem olhar pra ele, mas também sem olhar pro chão. Parecia que ela estava encarando um ponto fixo na parede atrás do papai e que ia continuar olhando naquela direção para sempre.

Ela estava cercada por dois policiais. Mas aí um deles tirou o capacete e um montão de cabelo loiro se espalhou pelos seus ombros, e então eu percebi que era *uma* policial. Todos pareciam muito sérios.

Não era preciso ser um gênio para perceber que alguma coisa ruim tinha acontecido.

DOIS

— Rachel — papai disse, olhando para um deles de cada vez.

— Sr. Delaney — o policial disse. — Podemos entrar, por favor?

Papai concordou com a cabeça e se afastou para deixá--los entrar no corredor.

— O que aconteceu? — ele perguntou enquanto fechava a porta. Eu estava agachado, o rosto no balaústre, tentando permanecer o mais quieto possível para que ninguém me ouvisse. — Foi um acidente? Aconteceu alguma coisa com o seu carro?

Os policiais trocaram olhares e depois olharam para a mamãe, que na verdade nem se parecia muito com a mamãe agora.

— Será que dá para alguém me dizer o que está acontecendo? — papai insistiu depois de um tempo. — Guarda?

— O senhor confirma que esta senhora é sua esposa, sr. Delaney? — ele perguntou, e também tirou o capacete. Sua cabeça era raspada e ele não parecia mais velho do que o Pete, o que me deixou mais tranquilo. A policial parecia

13

a moça do *Property Ladder*, aquele programa antigo do Channel 4.

— Mas é claro que ela é minha esposa — papai disse, nervoso. — Rachel, o que está acontecendo? Será que alguém poderia simplesmente...

— Se o senhor puder se acalmar por um momento — o policial disse —, então nós explicaremos tudo.

— Me acalmar? Minha esposa desaparece por horas a fio e volta pra casa num carro da polícia, e o senhor pede para eu me acalmar? Onde é que ela estava? O que foi que aconteceu?

— Talvez seja melhor a gente sentar em algum lugar — a policial disse. — Sua esposa passou por um choque, e uma boa xícara de chá cairia bem agora.

— Tá — papai disse. — Vamos até a cozinha para eu colocar a chaleira no fogo. Mas quero saber tudo o que aconteceu. Entendido?

— Claro, senhor — ela disse, e então eles sumiram de vista e eu não consegui mais ouvir o que estavam dizendo. Só o policial jovem não foi. Ele ficou no corredor, botou o capacete no chão e se olhou no espelho. Girou a cabeça para um lado e para o outro e puxou a jaqueta para baixo, alisando os amarrotados. Ao se virar, ele olhou para cima e me viu. Pensei em me esconder, mas ele apenas deu um sorriso meio triste na minha direção e balançou a cabeça antes de se juntar aos outros na cozinha.

Foi quando comecei a pensar no Pete. Fazia alguns dias que ele não telefonava pra gente — desde que tinha dito que ia viajar em vez de ficar enfurnado na loja do papai durante três meses enquanto os amigos curtiam a vida por aí. No café da manhã, a mamãe disse que se ele não telefonasse até o fim da temporada de *Coronation Street*, ela mesma ia ligar.

— Não sei por que você se importa com aquele ingrato — papai disse.

Talvez tivesse acontecido alguma coisa com ele e a polícia tinha vindo falar com a mamãe e ela tinha ido com eles até a delegacia e ele estava lá, metido em alguma encrenca. Ou pior: talvez algo ruim tivesse acontecido com o Pete e eu não tinha nem falado com ele da última vez que ele ligou, porque eles brigaram tanto que nem passaram o telefone pra mim.

Desci os degraus bem devagarzinho, mas mesmo assim ainda não dava pra ouvir direito o que eles conversavam. O capacete do policial estava no chão, perto da mesinha do telefone. Eu o segurei e fiquei olhando pra ele.

Era um daqueles capacetes de guarda antigos, alto e duro, com a insígnia da polícia de Norfolk na frente. Era bem pesado, e quando o coloquei na cabeça senti como se estivesse sendo coroado rei. Era bem grande pra mim, chegava a cobrir meus olhos, e eu não entendia como é que alguém podia ficar o dia todo com aquilo na cabeça.

Então a porta da cozinha se abriu e eu dei de cara com o papai, o rosto mais vermelho do que antes, acompanhando os policiais de volta pelo corredor. Os três pararam e ficaram me encarando, o que me deixou com vergonha, já que eu estava só de pijama e com o capacete na cabeça.

— Desculpe, guarda — papai disse, tirando o capacete da minha cabeça. — Danny, já para o quarto.

Subi correndo pela escada e bati a porta do quarto, mas fiquei do lado de fora. Esperei um pouco e voltei para onde estava antes, no balaústre.

Papai abriu a porta da rua e os policiais saíram.

— Se surgir alguma novidade... — papai começou, mas a policial o interrompeu. A voz dela era firme.

— Entraremos em contato na hora, claro — ela disse. — Mas precisaremos falar com sua esposa de novo amanhã. O senhor entende?

— Claro — papai disse. — Tudo isso é horrível.

— É o procedimento padrão, sr. Delaney. Entraremos em contato em breve.

Então eu ouvi eles se afastarem e o papai fechou a porta, mas ficou ali por um tempo, sem se mexer. Dava pra vê-lo parado, fitando a parede e esfregando as mãos nos olhos enquanto respirava fundo. Então ele voltou para a cozinha, fechou a porta e tudo ficou em silêncio.

Depois que a mamãe foi pra cama, o papai veio conversar comigo. Eu estava deitado, mas me sentei assim que ele entrou.

— Ainda acordado? — ele perguntou.

— Não consegui dormir. O que foi que aconteceu? Tá tudo bem com o Pete?

— Pete? Sim, ele está ótimo. Ah, acho que é melhor ligar pra ele também. Bom, amanhã eu ligo. Isso pode esperar.

— O que foi que aconteceu? — repeti.

— Um acidente — ele disse então, baixinho. — Mas, olha, não é pra você ficar preocupado. Um garotinho apareceu na frente da sua mãe. Quer dizer, na frente do carro da sua mãe. Ele simplesmente apareceu do nada, sabe? Ninguém teve culpa.

Fiquei paralisado. Não sabia o que dizer. Pisquei algumas vezes e esperei ele continuar.

— Agora ele está bem. Quer dizer, ele está bem mal, na verdade, mas está num hospital, que é o melhor lugar onde poderia estar, claro. Ele vai receber o melhor tratamento lá e vai ficar bom, tenho certeza disso.

— Como que você pode ter certeza?

— Porque ele *tem* que ficar — ele disse, convicto. — Você não precisa se preocupar, está me ouvindo? Vai ficar tudo bem. Agora durma um pouco, e amanhã cedo tente ficar quietinho e não incomodar a mamãe. Ela está muito abalada.

Concordei com a cabeça. Ele saiu do quarto e seguiu pelo corredor, mas eu só deitei quando ouvi a porta do quarto deles fechar. Então fechei os olhos e pensei no garotinho, e torci para ele ficar bem, mas algo me dizia que ele não iria ficar e que nada em casa voltaria a ser como antes.

TRÊS

Na manhã seguinte, levantei bem cedo. Quando desci, o papai já estava na cozinha, mas nem sinal da mamãe.

— Ela vai passar a manhã na cama hoje — ele falou. — Ela mal pegou no sono à noite. Tente não ficar zanzando por aí.

Eu não fiquei zanzando por ali, principalmente porque tinha medo de topar com ela. Eu não ia saber o que dizer se isso acontecesse. Mas quando a manhã estava quase no fim, subi pra pegar o *David Copperfield* e a encontrei saindo do banheiro. Quando me viu, ela desatou a chorar.

— Caramba, Danny! — papai disse, subindo voando pela escada. — Eu não falei pra você não arrumar confusão?

— Mas eu não fiz nada! — eu falei, levantando o livro bem alto. — Só vim pegar este livro.

— Vá lá pra fora — ele disse, balançando a cabeça. — Vou te contar, você nunca escuta o que eu digo, né?

Fui pro jardim e sentei no balanço, mas não consegui fazer nenhum progresso na leitura. Eu estava bravo demais para me concentrar, então resolvi dar uma volta de bicicleta em vez de ler.

19

Quando voltei pra casa, quase de noite, percebi que estava vazia de novo. Já eram quase seis horas e eu estava com fome. Abri a geladeira e pensei em fazer um sanduíche, mas então escutei baterem na porta da frente.

— Danny? — era uma voz de mulher. — Danny, é a Alice Kennedy. Você está aí?

Atravessei o corredor e abri a porta, mas sem escancarar, colocando a cabeça para fora pela fresta, como as velhinhas fazem nos comerciais da tevê quando o homem do gás vem fazer a leitura do relógio. Só que nos comerciais ele não é o homem do gás, ele veio roubar a aposentadoria delas e lhes dar uma surra.

— Oi.

— Oi, Danny — ela disse, sorrindo.

— Minha mãe não está — eu falei, porque sempre que vinha mulher em casa era pra ver a mamãe.

— Eu sei que ela não está — a sra. Kennedy disse. — Seu pai ligou pra mim. Ele achou que você poderia estar com fome.

— Bom, eu não almocei — admiti.

— E já são quase seis horas — ela disse, passando a mão pela fresta que nos separava. — Achamos que talvez seja melhor você vir jantar na minha casa.

— Minha mãe deve fazer o jantar mais tarde — eu disse bem baixinho, os olhos fixos nos sapatos.

— Seu pai disse que eles vão parar pra comer alguma coisa no caminho. Ele perguntou se você poderia comer com a gente e eu disse que sim, claro. Adoraríamos a sua companhia. Mas é melhor você vir logo comigo, senão meus bifes vão queimar.

Ela praticamente me arrancou de dentro de casa e eu

bati a porta atrás de mim. Achei legal ela segurar minha mão. A pele dela era macia e a mão, quase tão pequena quanto a minha. Mas eu não queria que o Luke me visse chegar de mãos dadas com a mãe dele, então soltei antes de entrarmos.

— E eles chamam isso de verão! — ela disse enquanto a gente caminhava, sorrindo pra mim como se fôssemos as pessoas mais despreocupadas do mundo. Como se não estivesse acontecendo nada de ruim na minha casa e como se o sr. Kennedy ainda estivesse morando na dela. — Não chega nem perto dos verões de quando eu era criança, não mesmo. Naquele tempo o sol ainda esquentava um pouco.

Lá dentro, senti o cheiro da carne assando na grelha.

— Chegamos — ela disse animada quando entramos na cozinha. Olhei em volta e vi o Luke sentado à mesa, me encarando sem saber direito por que eu estava ali. Benjamin Benson, o namorado da sra. Kennedy, estava de pé na frente do fogão, mexendo numa panela, e virou para me dar um sorriso. Ele era o maior cara que eu já tinha visto na vida. Praticamente um gigante, com cabelo grosso e branco e uma barba desgrenhada. Sempre achei que ele parecia um urso-polar.

— Boa noite, jovem Danny — disse o sr. Benson, que falava como alguém de outro século. — Você deu sorte, porque eu comprei um filé a mais para o caso de a gente receber alguma visita. Melhor prevenir do que remediar, esse é o meu lema. Você já foi escoteiro?

— Não.

— Os escoteiros são gays — Luke disse, e o sr. Benson virou na direção dele e fez que sim com a cabeça.

— Eu diria que alguns são, mesmo — ele falou. — E

outros são tristes, e alguns são ansiosos, outros meio loucos. Somos todos inclinados a naturezas diversas. Espero que você goste de molho de cogumelos, Danny.

— Adoro.

— Excelente! — ele exclamou, virando-se e voltando a mexer na panela. Depois ergueu a colher de madeira e a aproximou de mim. — Prove um pouco disso e me diga se está bom de sal. Mas lembre-se: sempre dá pra colocar mais, mas uma vez que colocamos, não dá pra tirar. É o contrário de cortar cabelo. Cabelo sempre dá pra tirar mais, mas depois não dá pra devolver.

Encostei os lábios na ponta da colher tomando bastante cuidado, com medo de me queimar, mas estava numa temperatura boa, não muito quente. E uma delícia.

— Muito bom — eu disse.

— Excelente — ele respondeu. — Sugiro então que você se acomode enquanto termino. Alice, nem pense em amassar as batatas. Isso não é trabalho de mulher. Sente-se, sirva o seu vinho e deixe tudo por minha conta, pelo amor de Deus.

Fui até a mesa onde o Luke estava sentado e ele fez um aceno com a cabeça para mim.

— Tudo certo? — ele perguntou.

— Tudo — respondi. — Eu não pedi pra vir, sabe? — contei a ele, sussurrando. — Ela que foi me buscar.

— Não tô nem aí. Você acha que me importo com quem ela convida para jantar? Esta casa ainda é do meu pai, é isso o que importa.

— Danny? — a sra. Kennedy chamou, e me virei pra ela, com a impressão de que ela já tinha me chamado algumas vezes e eu não tinha ouvido. — O que você quer beber?

— O que tiver. Um copo d'água.

— Acho que tem opção melhor, não é? Uma coca, talvez? Ou um suco de laranja?

— Coca — respondi depressa.

— Coca, então. E você, Luke, vai querer o quê?

— Nem ligo — ele resmungou.

— Certo — a sra. Kennedy disse, servindo um copo de coca pra mim. — Bom, quando você ligar, a geladeira fica bem ali e você sabe como se servir.

— Coca estraga os dentes — o sr. Benson disse, e eu olhei pra ele com medo de tê-lo decepcionado de alguma forma, mas ele não parecia zangado. — Mas eu não consigo começar o dia sem beber um gole. É um vício. É que nem certas pessoas com café. — Ele disse aquilo olhando pra sra. Kennedy, mas ela só riu. — E outras com cigarro. — Ele olhou pra ela de novo, insistente, e ela riu de novo e balançou a cabeça. Não dava pra dizer se ele estava brincando ou não, mas eu achei que estava, já que ela parecia estar se divertindo. — Mas pra mim é coca. E você, Luke? Quais são os seus vícios?

— Afinal, nós vamos ou não vamos comer hoje? — Luke perguntou, encarando o sr. Benson. — Ou será que vamos ficar só *falando* em comida?

— O homem está faminto! — o sr. Benson disse, começando a servir os bifes com batata e legumes. Em seguida despejou o molho de cogumelos sobre a carne e pôs os pratos à nossa frente. Ele sentou de frente pra mim e o Luke ficou de frente pra mãe dele.

— Ao chef — o sr. Benson disse, levantando a taça. — Ei, espera um pouco — ele acrescentou, como se tivesse esquecido alguma coisa. — O chef sou eu. Que grosseria!

A sra. Kennedy deu uns risinhos, mas o Luke parecia que ia matar alguém, o que me fez tentar apagar o sorriso do rosto para que o escolhido não fosse eu.

— E como foi o seu dia, Danny? — a sra. Kennedy perguntou. — O que você fez de bom?

— Andei de bicicleta.

— Não posso mais andar de bicicleta — o sr. Benson disse. — Sou muito grande pra elas. É sentar e quebrar.

— Eu gostava de dar umas pedaladas quando era menina — a sra. Kennedy disse. — Foi como conheci o David, na verdade. Num passeio de bicicleta na França.

— David é o meu pai — Luke disse, mesmo que eu já soubesse. — Esta casa é dele.

— Na verdade, esta casa é *minha* — a sra. Kennedy disse, encarando o filho. — Minha e sua.

O sr. Benson e eu trocamos olhares, mas não dissemos nada. Eu tentei imaginar como seria se o papai não morasse com a gente e quase não viesse nos visitar, que nem o pai do Luke fazia, mas não consegui. Não dava pra imaginar a nossa casa sem ele. Nem sem a mamãe.

Olhei para a comida e, mesmo faminto, percebi que não estava com muita vontade de comer.

— Que foi, Danny? — a sra. Kennedy perguntou. — Você não está com fome?

Olhei de novo para o prato e balancei a cabeça. Comecei então a contar mentalmente de um a dez, o mais rápido possível, porque já começava a sentir as lágrimas se acumulando nos meus olhos e sabia que logo, logo começaria a chorar.

— Você vai ficar doente se não comer — ela disse.

— Olha só pra ele! — Luke gritou em triunfo. — Ele tá chorando!

— Não tô, não! — gritei, assim que uma lágrima caiu no prato. Me virei para encará-lo, sentindo meu queixo tremer enquanto as lágrimas desciam. Levantei a mão para enxugá-las.

— Luke, fique quieto! — a sra. Kennedy disparou.

— Desculpa — eu disse.

— Você não tem nada que pedir desculpas — ela disse, levantando. — Nada mesmo. Venha até a sala comigo. Vamos ficar um pouco sozinhos, só nós dois. Quanto a você, Luke, não quero ouvir um pio enquanto estivermos lá. Entendeu?

Luke fez que sim com a cabeça, um pouco envergonhado, e a mãe dele pegou a minha mão e me tirou da cozinha. Dei uma espiada enquanto ela fechava a porta atrás de nós, e pude ver ele e o sr. Benson olhando um pro outro.

— Mais um pouco de molho de cogumelos, Luke? — o sr. Benson perguntou.

QUATRO

Mais tarde, estávamos assistindo tevê quando o telefone tocou e a sra. Kennedy foi atender. Ela falou por uns minutos no corredor antes de espiar pela porta.

— Danny, é o seu pai. Ele quer falar com você.

— Alô? — eu disse, nervoso.

— Oi — papai respondeu. — Desculpa por não ter ninguém em casa quando você chegou.

— Não tem problema — eu disse, mesmo sabendo que tinha.

— Você já jantou?

— Sim.

— Ótimo. Então quero que você faça uma coisa pra mim.

— O quê?

— Você não se importa de dormir na casa da sra. Kennedy hoje, não é?

Meu coração apertou. Eu queria estar em casa. Queria que todos nós estivéssemos em casa juntos.

— Por quê? — perguntei. — Onde é que vocês estão?

Ele fez uma pausa.

— Eu não te falei?

— Não.

— Nós estamos no hospital, Danny — ele disse baixinho. — Sua mãe está um pouco pálida, eu já tinha te avisado.

Eu abri a boca para dizer outra coisa, mas antes disso a sra. Kennedy, que tinha aparecido ao meu lado sem fazer nenhum barulho, tirou o telefone da minha mão.

— Russell? — ela disse, soando bem determinada agora. — É a Alice de novo. Olha, não precisa se preocupar. Estamos todos assistindo tevê e o Danny vai ficar muito bem aqui. Você e a Rachel precisam se cuidar, certo? — Então ela parou de falar e deu para ouvir uma voz do outro lado da linha, mas não consegui entender o que estava dizendo. A sra. Kennedy balançou a cabeça antes de voltar a falar. — Eu posso tirar um dia de folga — ela disse. Outra pausa. — Bem, se você precisar, eu posso — ela disse. Mais uma pausa. — Certo, nos vemos de manhã, então. — Ela olhou pra mim e acho que tomou uma decisão, porque em seguida me virou as costas. — O Danny está dizendo boa-noite — ela falou, embora eu não estivesse dizendo nada. — A gente se vê amanhã. Boa noite, Russell.

Ela encerrou a ligação e voltou a conversar comigo.

— Olha — ela disse, adivinhando meus pensamentos —, encare isso como uma aventura.

— Mas onde eu vou dormir?

— No quarto do Luke. Ele tem um beliche.

Estava começando a melhorar. Fiz que sim com a cabeça.

— Em qual cama que ele dorme?

— Você quer dormir em qual?

Pensei um pouco.

— Na de cima.

— Então ele fica com a de baixo — ela disse, piscando pra mim. — Vem, vamos pra sala. Tá na hora do meu programa.

No fim daquela noite, a sra. Kennedy pegou no guarda-roupa uns lençóis, travesseiros e um edredom e preparou a parte de cima do beliche. Depois ela pegou um pijama do Luke em uma gaveta e deu pra mim, e nós três ficamos nos olhando de um jeito estranho por mais ou menos um minuto, até que ela se tocou.

— Volto daqui a pouco pra ver se você não vai precisar de mais nada — ela disse. — Deixei uma escova nova no banheiro, Danny. Está em cima da pia, ainda na embalagem, então você não tem por que se preocupar.

Fui até o banheiro e escovei os dentes bem devagar. No caminho de volta, vi uma porta entreaberta à esquerda e dei uma espiada. Era o quarto da sra. Kennedy. As luzes estavam apagadas, mas a cortina estava aberta, deixando a luz da lua entrar e criando uma luminosidade feita de escuridão e sombras. Eu sabia que não devia entrar, mas entrei mesmo assim. A cama dela era muito grande, maior até que a da mamãe e do papai. Do lado direito tinha uma penteadeira com tantos frascos de vidros e loções que eu fiquei imaginando como ela sabia o que era cada um. Caminhei até a janela e olhei para fora. Dava pra ver meu próprio quarto do outro lado da cerca, porque eu tinha deixado a cortina aberta. Fiquei olhando para o lugar de onde eu observava a sra. Kennedy. Lembrei exatamente onde eu estava na noite em que a vi de sutiã. Dava pra ver os pôsteres nas paredes e a camiseta que eu tinha deixado largada na cadeira.

"Se a mamãe estivesse em casa", pensei, "a essa hora aquela camiseta já estaria pra lavar."

— Já acabou? — Luke perguntou quando eu voltei pro quarto, e fiz que sim com a cabeça. Ele já estava de pijama e passou por mim para ir ao banheiro, fechando a porta atrás de si. Eu tirei a roupa o mais rápido que pude e coloquei o conjunto que a sra. Kennedy tinha separado pra mim. Quando ele voltou, eu estava dobrando com cuidado a minha calça e a minha camisa e pondo a roupa no encosto da cadeira. Subi pela escadinha do beliche e me enfiei embaixo do edredom.

— O Benjamin é um idiota, não é? — Luke disse.

— O sr. Benson? — perguntei. — Ele é legal. Ele parece um urso-polar.

— Ele não deveria estar aqui — Luke continuou. — Afinal, que direito ele tem de cozinhar pra nós? Esta casa não é dele. É do meu pai. Quando eu for passar as férias com ele, vou contar tudo.

Eu virei para cima e dei de cara com o teto, que estava coberto de centenas de adesivos de estrelinha que brilhavam no escuro. Era assim que eu imaginava como seria dormir no topo de uma montanha. Estendi o braço para tocar nelas, mas meus dedos não conseguiam alcançá-las.

— O que é que está acontecendo na sua casa? — Luke perguntou depois de um tempinho.

— Nada.

— Está sim. Conta aí.

— *Nada* — insisti, torcendo pra ele não perguntar mais sobre aquilo.

Ele bufou.

— Não foi isso o que ouvi dizer — ele disse.

30

— E o que foi que você ouviu?

— Que a sua mãe encheu a cara, atropelou e matou alguém.

Eu me sentei na cama.

— Isso não é verdade — eu disse.

— Foi a minha mãe que falou.

— Ela falou isso? — eu perguntei, chocado.

— Bom, não — Luke confessou. — Ela não disse que sua mãe o matou. Mas que ele provavelmente vai morrer. Que ele tá em coma e que não há muita esperança. Eu a ouvi falando isso antes de você vir pra cá.

Deitei de novo e encarei as estrelas, sentindo um embrulho no estômago. Alguém bateu na porta e abriu, a princípio só um pouquinho e depois inteira, e um facho de luz entrou, seguido pela sra. Kennedy.

— Tudo bem, meninos? — ela perguntou. — Você precisa de alguma coisa, Danny?

— O Danny vai ficar aqui amanhã de noite? — Luke perguntou.

— Não sei — a sra. Kennedy disse. — Amanhã a gente vê.

— Eu vou? — perguntei, espantado, imaginando quanto tempo tudo aquilo ia durar.

— Não se preocupe com isso — ela disse. — Durma um pouco. Amanhã a gente vai ficar sabendo. Agora, não fiquem conversando a noite inteira, ouviram? Já é tarde.

Ela se inclinou para a parte de baixo do beliche e eu a ouvi dando um beijo de boa-noite no Luke.

— Boa noite, Danny — ela disse em seguida, sorrindo na minha direção. — Você sabe onde me procurar se precisar.

— É a segunda porta à direita — Luke disse.

— Ah, ele sabe — a sra. Kennedy disse. Dava pra vê-la sorrindo à luz da lua enquanto saía do quarto, e mesmo no escuro eu podia sentir meu rosto ficando vermelho.

Luke e eu não dissemos nada por um bom tempo. Então eu tive a impressão de ouvir o som de sua respiração mudar enquanto ele virava de lado e imaginei que já estivesse dormindo.

— Ela não tinha enchido a cara — eu falei baixinho.

CINCO

— Mas é claro que ela não tinha enchido a cara — papai disse quando eu contei a história pra ele no dia seguinte. — Pelo amor de Deus, Danny, alguma vez na vida você já viu sua mãe bêbada? Você por um acaso sabe o que significa "encher a cara"?

— É como os amigos do Pete sempre estão quando vêm dormir aqui — eu disse.

— Humm — papai resmungou enquanto tirava os óculos para ler as instruções em um pacote de espaguete. — Bom, isso até que é verdade. Mas você devia conhecer melhor a sua mãe e não acreditar nessas histórias. Foi um acidente. Só isso. A polícia sabe disso. Os pais do garotinho também. E até a sua mãe sabe disso.

— Então por que ela está tão chateada?

— Porque, mesmo não sendo culpa dela, ela se sente responsável. Você entende isso, não entende? Olha, ela estava vindo pra casa depois das compras, dirigindo pela Parker Grove. Teve uma testemunha que viu tudo. E a testemunha disse que a mamãe nem estava em alta velocidade, mas que esse garotinho, Andy, saiu correndo de uma casa.

Ele foi direto pra rua, sem olhar para os lados. Não tinha como ela frear a tempo. Não se sabe nem o que o garotinho estava fazendo ali. Não era a casa dele. Ele mora algumas casas pra baixo, do outro lado da rua.

— Talvez ele estivesse perdido — sugeri.

— Bem, nós vamos acabar descobrindo, eu tenho certeza.

— Ele vai morrer? — perguntei, e papai balançou a cabeça.

— Por que você não vai dar uma volta? — ele disse. — O jantar ainda vai demorar pra ficar pronto.

Suspirei e fui pro jardim. Minha bicicleta estava onde eu tinha deixado, encostada na cerca que separava nossa casa e a do Luke Kennedy. Pulei para o selim e foi então que a vi pela primeira vez. Ela estava me encarando do outro lado da rua, de pé ao lado de uma árvore. Seu cabelo era ruivo-claro, na altura dos ombros, e ela vestia um jeans com uma margarida enorme bordada na altura de um dos joelhos. Ela era mais ou menos da minha idade, mas eu não a conhecia, então ela não devia ser da minha escola.

Sem diminuir a velocidade, continuei a pedalar rua abaixo, com os olhos fixos na garota, imaginando por que ela me encarava, até que virei a esquina e sumi de vista.

Um pneu furou enquanto eu estava fora e não tinha como consertar, então voltei empurrando a bicicleta por todo o caminho. Eu sempre pegava o atalho pelo parque quando estava perto de casa, mas naquele dia fiz um caminho diferente. Voltei pela Parker Grove, a rua onde a mamãe estava dirigindo quando o garotinho apareceu corren-do na frente dela.

Era uma rua como a nossa, com um monte de árvores na frente das casas. Eu não sabia qual era a casa do Andy, mas enquanto descia a rua, empurrando a bicicleta ao meu lado, um carro estacionou e uma mulher saiu correndo do outro lado da rua em direção a ele.

— Michael! Samantha! — ela gritou para o casal que saía do carro. — Como é que está o Andy? Alguma no-vidade?

— Ele... Bom, ele não piorou — a outra mulher, Saman-tha, respondeu baixinho. — Os médicos dizem que é um bom sinal. Eles sempre dizem que as primeiras quarenta e oito horas são as mais críticas, né?

— Bem, não piorar é melhor do que nada — a mulher disse. — Ele deve acordar logo.

— Se pelo menos ele respondesse a algum estímu-lo... — Samantha disse, balançando a cabeça, frustrada. — Nós conversamos com ele o tempo todo. Colocamos as mú-sicas preferidas dele pra tocar. Hoje de manhã colocamos o vídeo de um desenho que ele gosta de assistir e repetimos sem parar, mas nada. É como se...

Ela perdeu a voz e começou a chorar. Eu girei a roda da bicicleta mais algumas vezes e vi um caquinho de vidro enfiado no pneu. Na verdade, eu não estava procurando o furo, mas acabei encontrando. Pressionando os dedos com cuidado dos dois lados do caquinho, eu o puxei pra fora. O pneu começou a murchar, e só então me toquei que deveria ter deixado pra fazer isso quando chegasse em casa.

— E como a Sarah está lidando com isso? — a mulher perguntou, e ouvi a mãe do Andy fungando, como se estivesse muito resfriada. Sempre que eu fazia esse tipo de barulho a mamãe me dizia pra ir pegar um lenço e parar de ser tão nojento.

— Não sei — ela disse. — Ela tem andado muito calada. Não conversou sobre isso com a gente. Eu nunca a vi se isolar tanto.

Então ela parou de falar, eu levantei os olhos e vi as duas mulheres paradas na beira da calçada, olhando na minha direção.

— Tudo bem com você? — a mãe do Andy perguntou.

— Tudo — respondi.

— O que você está fazendo aí?

Tossi e tentei parecer o mais inocente possível.

— O pneu da minha bicicleta furou. Eu estava tentando encontrar o buraco. — Elas continuaram me encarando. Segurei o guidão e comecei a empurrar a bicicleta. — Tenho que levar até em casa pra fazer o remendo.

Elas não disseram nada, mas ficaram me observando enquanto eu ia embora. Levei uns dois minutos pra chegar no fim da rua e deu pra sentir os olhos delas nas minhas costas esse tempo todo. Normalmente eu teria pedalado o mais rápido possível, mas não dava pra fazer isso com o pneu furado.

Por fim dobrei a esquina, mas ainda levei uns vinte minutos até chegar na minha rua. Ela estava lá, esperando. A garotinha ruiva. Sentada no fim da rua, encostada numa árvore. Eu sabia que ela estava me esperando. Mas não imaginava por quê. Não lembrava nem de tê-la visto antes. Mas, de alguma forma, eu simplesmente sabia que ela estava ali para falar comigo.

Fui diminuindo a velocidade enquanto me aproximava. Ela deu uma olhada ao redor e depois me encarou. Então ficou de pé, tirando a poeira do jeans com as mãos. Virei a cabeça pro outro lado, imaginando se ela ainda estaria olhando pra mim quando eu virasse de volta, e ela estava. Eu não gosto muito de falar com meninas, porque elas sempre olham pra mim como se eu tivesse acabado de sair rastejando de debaixo de uma pedra. Mas eu sabia que tinha que parar pra conversar com aquela menina em particular. Eu sabia que não tinha escapatória.

— Oi — eu disse quando cheguei mais perto, parando ali e segurando a bicicleta entre nós.

— Você é o Danny? — ela perguntou.

— Sim.

— Eu sabia que era você. Eu te vi mais cedo.

— Você estava parada na frente da minha casa. Estava me espiando.

Ela abriu a boca, como se fosse negar, mas então deu de ombros, como se aquilo não a incomodasse.

— Sim — ela disse. — Eu estava mesmo.

Foi então que me toquei, e soube exatamente quem ela era.

— Você é a Sarah, não é? — perguntei. — A irmã do Andy?

Ela confirmou com a cabeça e não pude deixar de pensar que, enquanto eu espionava a família dela naquela tarde, ela passou quase o dia inteiro espionando a minha. E só naquele momento, com o dia já quase no fim, a gente finalmente começou a conversar. Era como se fôssemos agentes secretos, mas tivéssemos cansado de tudo e decidido simplesmente abandonar o disfarce.

SEIS

No sábado depois de a Sarah aparecer em frente à minha casa, tínhamos combinado de nos encontrar no parque. Eu estava sentado num banco perto da fonte, lendo *David Copperfield*. Eu queria que ela visse que eu lia esse tipo de livro. Alguns minutos depois eu a vi chegar pelos portões à minha frente. Sorri e acenei. Fiquei surpreso de estar tão feliz em vê-la.

— Eu não achava que você viria — ela disse depois de sentar. — Pensei que mudaria de ideia.

— Não — eu disse, balançando a cabeça. — Eu prometi, não prometi?

— Eu achei que iria me atrasar. Minha mãe estava saindo pra ver o Andy no hospital e queria que eu fosse com ela. Quando eu disse que não podia, ela ficou louca da vida comigo.

— Você costuma ir?

— Todo dia. Tem dias que vou duas vezes. Você tem algum irmão ou irmã?

— Um irmão mais velho, o Pete. Ele tem dezoito anos e está na faculdade, em Edimburgo. Era pra ele vir passar as férias de verão com a gente. Ele prometeu pra mim que viria, mas de repente mudou de ideia e foi viajar pela Europa.

Sarah concordou com a cabeça.

— O Andy também é o meu único irmão.

Eu queria perguntar como ele era, mas não tinha palavras. Sabia que não era culpa minha ele estar num hospital, mas de algum modo me sentia responsável.

— Ele vai ficar bom? — perguntei.

— Nós não sabemos. Só nos resta torcer pra ele acordar logo.

— Ele vai acordar.

— Como é que você sabe?

— Eu sei, só isso — eu disse. Ela não pareceu muito feliz com a resposta. Na verdade estava até com cara de brava, então mordi o lábio e resolvi que no futuro era melhor refletir antes de sair dizendo coisas por aí. Ela não parecia o tipo de menina que simplesmente jogava conversa fora.

— Como você sabia quem eu era? — ela me perguntou um tempo depois. — Quer dizer, quando eu fui até a sua casa. Você adivinhou na hora.

— Não sei — eu disse. — Pareceu óbvio. Por que você veio?

— Eu estava curiosa, só isso. Na verdade, era a sua mãe que eu estava procurando. Queria ver como ela era. Foi então que eu vi você. Esses dias têm sido tão terríveis. — Ela se inclinou para a frente e apoiou o rosto nas mãos por um momento, e fiquei com medo de que começasse a chorar. Eu não saberia o que fazer se isso acontecesse. Eu não ia colocar meu braço em volta dela, de jeito nenhum. Não ali, onde

40

todo mundo podia ver a gente. Mas quando ela levantou o rosto de novo, tudo o que ela fez foi me encarar e balançar a cabeça.

— Bom, mas o fato é que a culpa não foi da sua mãe — ela disse. — E é isso que torna tudo mais terrível. A culpa é minha. Mas eu não consigo dizer pra ninguém. E não sei o que fazer pra ajudar.

Franzi a testa, sem entender direito o que ela queria dizer com aquilo. Mas no exato momento em que abri a boca para perguntar, vi três pessoas se aproximando de nós pela trilha. Meu estômago se revirou, mas já não dava pra fingir que eu não tinha visto. Era o Luke Kennedy, a mãe dele e o Benjamin Benson.

— Danny! — a sra. Kennedy disse quando chegou perto da gente. Olhou para a Sarah por um instante e pareceu surpresa por me ver sentado ali com uma menina, como se fosse a última coisa no mundo que ela esperasse ver. Apesar de eu ter crescido uns quatro centímetros nos últimos três meses, o que ninguém percebeu além de mim.

— Oi — eu disse, tentando não olhar para o Luke, que estava encarando a Sarah. — Só vim caminhar um pouco.

— Você não vai conseguir caminhar muito se ficar sentado — o sr. Benson disse, fazendo graça. — Muito exercício, é disso que um garoto da sua idade precisa. E um belo café da manhã todos os dias. E um banho gelado uma vez por ano, quer você queira ou não.

Fiz uma careta. Eu não sabia por que é que ele tinha que fazer graça o tempo todo. Talvez fosse pra impressionar a sra. Kennedy.

— E você não vai apresentar a sua amiga pra gente? — a sra. Kennedy perguntou, e eu fiquei olhando pra ela sem saber o que dizer. Eu não queria dizer a verdade, porque se ela contasse pra mamãe ou pro papai eu ia entrar numa fria. Embora eu não soubesse exatamente o que estava fazendo de errado, tinha a impressão de que eles não ficariam contentes em descobrir o que eu estava fazendo.

— Nós não somos amigos — Sarah disse rapidamente. — Eu só estava sentada aqui, só isso.

— Ah, me desculpe — a sra. Kennedy disse. — Vocês pareciam tão aconchegados aí, os dois juntos. Eu não queria nem interromper.

— Flertando com ela, eu diria — o sr. Benson disse. — Ah, não precisa ficar tão envergonhado, Danny. Alguma hora a gente tem que começar.

— Você me disse que tava ocupado — Luke falou, apontando o dedo pra mim. — E que por isso não podia sair hoje.

— Eu tenho que ir — Sarah disse de repente, levantando. Eu olhei pra ela, não querendo que ela fosse. Eu queria que o Luke e a sra. Kennedy e o sr. Benson continuassem a caminhada deles e parassem de tentar fazer piadinhas e de dizer coisas que me deixavam envergonhado. Eu queria conversar a sós com a Sarah e ouvi-la explicar por que é que, no fim das contas, o acidente não tinha sido culpa da minha mãe, e por que ela achava que tinha sido culpa dela.

— Espera — eu falei, mas o Luke me interrompeu.

— Vamos buscar as bicicletas — ele disse. — Vamos sair pra algum lugar. Só nós dois.

— Tchau — Sarah disse, começando a ir embora.

— Espera — repeti, mas ela fez que não com a cabeça.

— Você não precisa ir embora por nossa causa — disse

a sra. Kennedy, que agora parecia arrependida de ter parado pra falar com a gente.

— Tchau! — Luke gritou para Sarah. — A gente se vê por aí. Ou não.

Ela parou e o encarou por um momento antes de continuar seu caminho. Ele franziu a testa, não sabendo como lidar com um olhar daqueles.

— Mal aí, velho — o sr. Benson disse. — Parece que a gente a pôs pra correr.

Fiquei fora mais tempo do que o normal naquela noite, e quando voltei pra casa encontrei o papai na sala, assistindo tevê. Ele deu uma espiada no relógio quando eu entrei e pareceu um pouco surpreso ao ver que já era tarde.

— Danny! — ele disse. — São quase dez horas!

— Eu sei.

— O que você estava fazendo lá fora até uma hora dessas?

Dei de ombros e sentei.

— Desculpa — eu disse. — Perdi a noção do tempo.

— Eu também, pra falar a verdade — ele disse baixinho. — Nem vi o tempo passar, senão já estaria preocupado com você.

— Cadê a mamãe?

— Por pouco você não a encontrou — ele disse. — Ela foi dormir mais cedo.

— Ela ficou na cama o dia todo? — perguntei, com raiva. — Ela estava na cama quando eu saí de tarde!

— Danny, assim que você saiu ela levantou. Nós jantamos juntos. Assistimos um pouco de tevê, e se você tivesse chegado na hora que devia, você a teria encontrado e poderia ter conversado com ela. E tem mais: já que estamos falando desse assunto, seria bom mesmo se você conversasse mais com ela.

Fiz que sim com a cabeça e resolvi ir pra cama, mas antes que eu saísse ele soltou uma risada repentina e virou na minha direção.

— Ah, e a propósito, eu falei com a sua avó hoje. Ela e o vovô virão nos visitar na semana que vem. No seu aniversário. Achei que poderíamos ter uma festinha.

— Uma festa? — perguntei, surpreso. — Tem certeza?

— Ah, só a nossa família. Sua mãe, eu e os seus avós. Se você quiser, podemos chamar os Kennedy também.

— Não sei se quero uma festa.

— Festa é a palavra errada — ele disse, balançando a cabeça. — É um jantar, só isso. Um jantar em família. Na próxima quinta. Afinal, nós temos que comer. Não precisa ficar tão preocupado. Vai ser divertido!

Encolhi os ombros. Na verdade, eu nem estava ligando muito pra isso. Eu estava pensando em quando — e se — eu poderia encontrar a Sarah de novo, e se eu conseguiria descobrir por que ela achava que tudo tinha sido culpa dela e não da minha mãe. Se eu descobrisse, pelo menos poderia contar para a mamãe, ela não ficaria mais tão chateada e tudo voltaria ao normal.

Eu tinha que dar um jeito de descobrir o segredo da Sarah.

SETE

Havia oito cadeiras em volta da mesa de jantar, e por ser o meu aniversário eu estava na cabeceira. Papai estava sentado na outra ponta, assim era mais fácil de entrar e sair da cozinha sempre que achasse que tinha esquecido alguma coisa. A vovó e o vovô sentaram num dos lados, deixando um lugar vazio entre eles; era ali que a mamãe deveria estar sentada. E de frente pra eles estavam o Luke Kennedy, a mãe dele e o Benjamin Benson, que se encarregava de não deixar a conversa morrer.

— Meu pai passou a maior parte da guerra na prisão — ele contou pra gente. — Ele era um objetor de consciência, sabe? Não conseguia admitir todo aquele conflito. Ele foi um pacifista a vida toda.

— É mesmo? — o vovô perguntou, erguendo uma sobrancelha. Algo me dizia que ele não tinha muita consideração pelas pessoas que haviam se comportado daquele jeito, mas nós tínhamos estudado sobre eles na escola e eu não sabia bem o que pensar a respeito.

— Ele passou metade da vida em caminhadas pela paz — o sr. Benson continuou. — Viu o sol nascer quadrado

45

de novo nos anos setenta, quando o belicista do Nixon nos fez uma visita. Foi isso que fez eu me interessar pelo direito, sabe? O jeito como eles tratavam um homem comum, que não queria fazer mal a ninguém.

— Você está certíssimo — o vovô disse, com sarcasmo. — O panorama aqui seria muito melhor se a gente agora falasse alemão e tivesse que marchar em volta da Trafalgar Square.

Já eram sete e quinze e a mamãe estava quinze minutos atrasada, mas ninguém tocava no assunto.

— Você ganhou presentes legais, Danny? — a sra. Kennedy perguntou.

— Não ganhei nada — eu falei, balançando a cabeça como se nem eu mesmo pudesse acreditar no que estava dizendo.

— Você não ganhou *nada*? — Luke perguntou, atônito. — No seu aniversário?

— Ora, isso não é verdade, Danny — papai disse rapidamente. — Sua avó trouxe um lindo pulôver pra você, não foi?

— Ah, é — eu disse, lembrando do pulôver de tricô que eu tinha guardado no guarda-roupa mais cedo e que nunca, mesmo sob ameaça de morte, iria vestir. — É isso mesmo, eu tinha esquecido. E o vovô me deu um dinheirinho.

— Dinheiro? — a vovó perguntou, olhando para o vovô e apertando os lábios. — O que foi que eu te disse?

— Ah, foram só algumas libras pro garoto — o vovô disse, sem dar muita importância. — Fica quieta, mulher.

— Eu trouxe uma coisa pra você, Danny — a sra. Kennedy disse. — Não é nada de mais, só um livro. Te dou depois do jantar.

— E eu esqueci de te dar isto — papai disse, estendendo o braço para o aparador e me entregando um envelope. — Veio na remessa da tarde.

Eu sorri ao reconhecer a letra do remetente. Dentro tinha um cartão de "Parabéns pela aposentadoria", e não um de aniversário, o tipo de coisa que o Pete sempre fazia porque achava que era engraçado. Ele nunca mandava o cartão certo para a comemoração. Também tinha uma nota de dez libras lá dentro. Li o cartão bem rápido e senti um alívio, porque até então eu achava que o Pete tinha se esquecido de mim. Eu tinha me perguntado se ele apareceria pra festa, mas ele ligou de Amsterdam umas duas noites antes e não deu pra entender nada do que ele disse. Papai tomou o telefone de mim e disse pra ele não se dar o trabalho de ligar enquanto não estivesse sóbrio.

— Então por que você disse que não ganhou nada? — Luke perguntou.

— Ele quis dizer que não ganhou nada da mãe dele e de mim — papai explicou. — No fim de semana a gente vai sair com ele pra comprar um presente bem especial.

— Mas não é a mesma coisa — Luke falou. — Você tem que ganhar o presente no dia do aniversário, senão não vale.

— Fique quieto, Luke, e coma o jantar — a sra. Kennedy disse.

— Mas o jantar ainda nem foi servido! — ele disse, espantado, e eu tive que morder o lábio pra segurar o riso.

— Ele tem toda razão — papai disse, olhando o relógio. — Ela já está vinte e cinco minutos atrasada.

— Ela vem, Russell — vovó disse.

— Fico feliz que a senhora esteja tão confiante.

— Um de nós devia ter ido com ela — vovó disse. — Pra garantir que ela estivesse bem.

— Talvez eu deva sair para procurá-la — a sra. Kennedy sugeriu. — Talvez ela tenha ido dar uma volta.

— Não é uma boa ideia sair andando por aqui muito tarde da noite — Benjamin Benson disse, passando a mão na barba. — Você pode ser assaltado, morto, ou algo pior.

— Seu pai tem um jeito engraçado de encarar as coisas — o vovô disse pro Luke.

— Ele não é meu pai — Luke respondeu.

— Eu podia dar só uma volta bem rápida pela vizinhança e ver se conseguia...

— Não! — papai disse, batendo a mão na mesa e assustando todo mundo. Por um momento ninguém disse nada. Só ficamos olhando pra ele. — Ela está meia hora atrasada agora e estamos todos famintos. Além disso, é aniversário do Danny. Está na hora de comer, Belinda — ele disse, olhando para a vovó. — Talvez você possa me ajudar a servir o jantar.

Então ele foi até a cozinha e eu soube que a oitava cadeira do meu jantar de aniversário ficaria vazia a noite inteira.

Às quinze para as nove, quando já estávamos comendo o bolo, a porta se abriu e, silenciosamente, como um fantasma, a mamãe entrou.

— O que está acontecendo? — ela perguntou. — Ah, sim, esqueci. Você ia cozinhar hoje à noite, não ia?

— Por volta das sete — papai falou. — Você disse que já estaria em casa.

— Eu me atrasei. Desculpa, eu...

— Não é o bastante — ele disse, mantendo o tom firme. — Não é mesmo o bastante. É aniversário do Danny e você disse que iria...

— Russell, eu pedi desculpas — ela retrucou. — Eu me atrasei.

— Você não chegava nunca!

— Ah, Russell, cala a boca, pelo amor de Deus — ela retorquiu, e todo mundo se assustou, menos o papai, que permaneceu totalmente imóvel antes de se levantar e ir até onde ela estava.

— Não. Grite. Comigo — ele disse claramente, espaçando as palavras.

— Rachel, querida, por que você não se senta enquanto eu esquento alguma coisa pra...

— Ela não vai comer — papai disse, voltando-se para encarar a vovó, que ficou quieta na hora e concordou com a cabeça, reconhecendo quem é que mandava ali. — Se ela não consegue chegar em casa a tempo do jantar, então ela não janta.

Ouvi a mamãe arfar de espanto, mas não quis olhar pra ela. Ela arfou de novo, dessa vez quase rindo.

— Se eu não chegar na hora eu não posso comer *nada*? — ela perguntou, impressionada. — E eu sou o quê? Uma garotinha de oito anos? Sim, mãe, se a senhora puder esquentar alguma coisa pra mim, eu adoraria.

— Fique onde está, Belinda — papai disse, se aproximando da mamãe sem dizer nada, apenas a encarando como se não conseguisse mais reconhecê-la. Todo mundo estava observando a cena, prendendo a respiração. Dessa vez, quando ela falou, sua voz saiu entrecortada, como se ela soubesse que estava chegando a hora de uma batalha há muito tempo aguardada, mas que na verdade queria evitar. Só por mais um ou dois dias. Até ela se sentir um pouco mais forte.

— Me desculpem — ela disse baixinho, os olhos se enchendo de lágrimas.

— Pra mim já deu, Rachel — papai disse. — Pra todos nós.

— *Pra você* já deu? — ela gritou, recuperando a voz de repente. Me dei conta de que agora ela era assim. De um momento para o outro, eu nunca sabia o que esperar. — *Pra você* já deu? Não é *você* que tem esse peso na consciência, Russell. Não foi *você* que quase matou uma criança. Não é *você* que precisa viver com isso, é?

— E nem você precisa — ele disse, impassível. — Foi um acidente. O garoto ainda está vivo. E o Danny também está vivo, caso você não tenha notado. E o Pete. Como é que ficam os meninos, Rachel? Será que você não pode pensar neles, pelo menos uma vez?

Eu me virei na cadeira para encará-la, sentindo agora as lágrimas escorrerem. Ela olhou na minha direção por um momento e balançou a cabeça.

— Só tem um que importa — ela disse, e eu sabia que ela não estava falando de mim. Em outra ocasião, eu acharia que ela estava se referindo ao Pete, porque ele era o queridinho dela, mas naquela noite o único garoto que importava pra ela era o Andy.

Já era bem mais tarde naquela noite, passando das onze. Eu estava levando o lixo pra fora, para a coleta da manhã, quando ouvi uma voz sussurrando meu nome.

— Danny! — disse a voz. — Danny! Aqui!

Dei uma olhada rápida em volta, tentando identificar de onde vinha o chamado, e então ela saiu de trás de uma árvore.

— Sarah? — eu disse, indo ao seu encontro. — Você voltou!

— Desculpa — ela me disse. — Eu não sabia se devia aparecer.

— Fiquei feliz por ter vindo.

— Não posso ficar muito tempo — ela disse. — Se descobrirem que eu não estou em casa, vou ficar encrencada.

Concordei, balançando a cabeça. Eu queria contar pra ela que era meu aniversário, mas não conseguia achar um jeito de dizer isso. Fiquei imaginando qual seria a reação dela se soubesse. Me perguntei se ela me daria um beijo.

— Tem uma coisa que eu queria perguntar pra você — ela disse.

— O quê?

— O que você vai fazer na segunda?

— Nada.

— Segunda à tarde eu vou sozinha ao hospital — ela disse. — Minha mãe e meu pai só vão passar lá à noite. Você quer vir comigo?

Hesitei, sem saber ao certo se queria ou não ver o que a mamãe tinha feito com o irmão da Sarah. Fiquei olhando pro chão, sabendo que aquela não era uma boa ideia.

— Por favor, Danny — ela disse. — Eu queria que você o visse.

— Por que você falou que foi culpa sua? — perguntei a ela.

— O quê?

— Naquele dia no parque. Você disse que a culpa era sua, não da minha mãe. O que você quis dizer?

Agora foi a vez dela de hesitar; ela olhou para o vazio por um momento antes de me encarar de novo e balançar a cabeça.

— Foi porque... — ela começou, mas antes que pudesse dizer mais alguma coisa, a porta lateral se abriu e escutei o papai vindo pra fora.

— Danny? — ele chamou. — Danny, você está aí fora? Por que está demorando?

— Quatro da tarde, na segunda-feira — Sarah cochichou, segurando meu braço. — Nos encontramos do lado de fora do hospital. Vou te explicar tudo, juro.

E então ela disparou rua abaixo.

— Danny — papai disse, vindo na minha direção. — O que você está fazendo sozinho aqui fora? Vamos entrar.

Concordei com a cabeça.

— Eu já estava indo — eu disse.

OITO

Cheguei adiantado ao hospital e mesmo assim a Sarah já estava me esperando.

— Ele está num quarto particular — ela disse enquanto pegávamos o elevador até o sexto andar. — Então não precisa se preocupar, ninguém vai te ver. Estou feliz por ter vindo — acrescentou. — Detesto fazer essas visitas sozinha.

Entramos no quarto dele e eu olhei para o garoto na cama. Ele parecia dormir profundamente. Se não fosse por todas aquelas máquinas de hospital conectadas a ele, eu teria jurado que um simples chacoalhar nos ombros o acordaria. Tinha uma bolsa de soro pendurada num gancho, pingando direto na veia do braço dele. A máquina ligada em sua mão direita tinha uma tela com números e linhas que ficavam mudando, e soltava um bip-bip-bip de vez em quando.

— Este é o Andy — Sarah disse. — Que foi? — ela perguntou, virando para mim.

— Não era melhor a gente falar baixo? — eu disse. — Não queremos incomodá-lo.

Ela deu uma risada e percebi o quão estúpido aquilo devia ter soado.

— Danny, se ele ouvir a gente e acordar, vai ser uma coisa boa, né?

— Claro — eu disse. — Desculpa.

— Você não quer dar um oi pra ele? — ela me perguntou então.

— Pro Andy?

— É.

Baixei os olhos para ele e engoli em seco, nervoso. Ele tinha um rosto pequeno, redondo, e o tom ruivo do seu cabelo era igual ao da Sarah. Ele tinha algumas sardas em volta do nariz também. Sua boca estava aberta e ele vestia um pijama do desenho do Rupert, o Urso, igual ao que eu costumava usar quando era mais novo.

— Oi, Andy — eu disse, me sentindo estranho e envergonhado.

— Andy — Sarah disse —, este é o meu amigo Danny. Ele veio te visitar.

— Você acha que ele consegue ouvir a gente? — perguntei, e ela deu de ombros.

— Os médicos dizem que sim. Mas, mesmo se ele não conseguir, não faz mal nenhum falar com ele, faz? É melhor do que sentar aqui sem dizer nada.

— Acho que sim. Ele não parece estar sentindo dor, né?

— Não — ela disse, balançando a cabeça e parecendo muito triste. — Espero mesmo que não.

— O meu irmão Pete ficou num hospital uma vez — eu falei pra ela —, quando teve que tirar o apêndice. Ele perdeu as últimas semanas de aula por causa disso. Ele tinha passado um tempão dizendo que estava sentindo dor na barriga, mas ninguém acreditava. Então uma noite o negócio explodiu lá dentro e ele quase morreu, só que não morreu, mas teve que ir de ambulância pro hospital. Não sei o que a minha mãe teria feito se ele não tivesse melhorado, já que ele é o queridinho dela.

Eu me virei ao perceber que a Sarah não estava mais do meu lado. Ela estava sentada numa poltrona no canto do quarto, com o rosto entre as mãos.

— Sarah — eu disse baixinho, indo até ela. — Você está bem?

— Era pra ter sido só uma brincadeira — ela disse, agora olhando bem dentro dos meus olhos. Seu rosto estava pálido, mas os olhos estavam secos. — Não era pra ter acabado desse jeito.

— O quê? — perguntei. — O que era uma brincadeira?

— Na tarde em que ele foi atropelado... — ela disse. — Nós sempre brincamos assim, um desafiando o outro a fazer coisas. Ele sempre fazia o que eu mandava.

Eu queria sentar, mas o único lugar vago era ao lado da cama do Andy e eu não achava que seria apropriado.

— Naquela tarde — ela continuou — eu contei pra ele do "toque e corra". Você já brincou disso, né?

— Claro — eu disse. — Tocar campainhas e sair correndo. Eu fazia isso direto.

— A casa em frente à nossa, do outro lado da rua — ela disse. — Número 42. Eles têm um cachorrão, e quando você passa na calçada dá pra ouvir ele lá dentro, porque ele late muito alto mesmo. Eu desafiei o Andy a ir até lá, chegar até a porta sem que o cachorro ouvisse e então tocar a campainha e sair correndo. Eu disse que ia ficar vendo lá de cima, da janela do meu quarto. E ele disse que ia fazer. Ele seguiu pelo jardim e quando chegou na porta se virou pra me dar um grande sorriso e um sinal positivo com o polegar, que significava que o cachorro não estava latindo. Então pôs o dedo na campainha. Assim que ele tocou, eu soube que o cachorro tinha ficado maluco dentro da casa, porque o Andy ficou apavorado. O susto foi tão grande que ele pulou da porta direto pra rua, sem pensar, e quando fez isso... quando ele saiu correndo... foi aí que...

Ela enterrou o rosto nas mãos de novo e dessa vez eu pude ouvir os soluços.

— Sarah — eu disse, me aproximando, sem saber direito o que fazer para consolá-la.

— Você entende, Danny? — ela disse, erguendo o olhar. — Foi tudo culpa minha. Se eu não tivesse inventado de brincar daquele jogo estúpido com ele, se eu não tivesse desafiado ele a tocar a campainha do número 42...

— Então a minha mãe nunca o teria atropelado — eu disse, terminando a frase pra ela. Pensando naquilo, comecei a ficar bravo. — Ela acha que foi tudo culpa dela. Mas não foi, né?

Eu queria falar mais, contar como estavam as coisas em casa por causa da brincadeira estúpida dela, mas de repente comecei a ouvir vozes bem do lado de fora do quarto. Sarah e eu olhamos para a porta ao mesmo tempo e então voltamos a olhar um pro outro, em pânico.

— São os meus pais — ela disse, seu rosto ficando ainda mais branco. — Você tem que se esconder. Eles vão ficar loucos se te encontrarem aqui. Embaixo da cama!

— O quê?

— Entra embaixo da cama — ela insistiu. — Os lençóis vão até o chão. Eles nunca vão te ver.

Eu me virei e olhei para a cama e para o Andy em cima dela. O último lugar em que eu queria estar era ali embaixo.

— Não posso — eu disse, balançando a cabeça. — Não posso fazer isso.

— Danny, você *tem* que fazer — ela insistiu. A porta se entreabriu e deu pra gente ouvir a voz de uma mulher conversando com um médico do lado de fora. — Rápido! — Sarah disse, me empurrando. E antes que eu percebesse o que estava acontecendo, deslizei pelo chão e me arrastei pra baixo da cama. No mesmo instante, ouvi a porta se escancarar e o som de quatro pés entrando no quarto.

— Sarah, aí está você — disse uma voz de mulher. Senti ela chegar bem perto de mim. Dava pra sentir o perfume dela, então deduzi que ela estava se abaixando para beijar o Andy. Então ela murmurou: — Oi, querido.

— Você estava chorando? — o pai da Sarah perguntou.

— Um pouquinho — ela respondeu.

— Detesto ver você tão triste — a mãe dela disse, suspirando alto. — Quando eu penso no que aquela mulher fez a esta família…

Meu lábio tremeu um pouco de raiva. Torci pra ela não começar a falar mal da minha mãe, senão não ia aguentar.

— Nós falamos com o dr. Harris — o pai dela disse. — Ele disse que a situação do Andy é estável, o que é um bom sinal. Pelo menos não está piorando.

— Acho que podemos contar a ela, Michael.

— Me contar o quê? — Sarah perguntou.

Houve uma pausa breve e então o pai dela falou:

— Nós fomos à delegacia agora à tarde — ele disse. — Eles confirmaram que não vão apresentar nenhuma acusação contra a Rachel Delaney.

— Dá pra acreditar nisso? — a mãe dela disse, furiosa. — Aquela louca passa voando pela nossa rua, quase mata o nosso garotinho, e eles não vão nem indiciá-la por isso. Que tipo de justiça nós temos, se qualquer um pode...

— Samantha, eles nos explicaram tudo. A culpa não foi toda dela.

— O quê? Está dizendo que a culpa foi do Andy? — ela perguntou. — Você o está culpando pelo que aconteceu?

— É claro que não estou colocando a culpa nele. Só estou dizendo que se...

— Ridículo! Absolutamente ridículo! — ela explodiu. — Aquela mulher, aquela assassina sem nenhuma noção de certo ou errado, ela faz um negócio desses e sai impune? Eu é que não vou engolir isso. Se precisar, eu mesma vou até lá e...

Eu não aguentava mais escutar. Me arrastei pra fora da cama, quase batendo a cabeça no pé de metal. O pai da Sarah deu um grito de susto e a mãe dela pulou pra trás como se tivesse visto um rato.

— Não foi ela! — eu gritei com eles, sentindo meu rosto ficar vermelho de raiva. — Foi a Sarah. Por que vocês não perguntam pra ela o que aconteceu de verdade e daí vocês vão poder...

Me impedi de continuar falando. Ficamos todos ali, olhando uns para os outros, sem saber o que dizer. Só havia uma coisa que eu podia fazer.

Eu saí correndo.

NOVE

— Danny — papai disse no fim daquela tarde, entrando no meu quarto sem bater —, me diga que você não fez isso.

— Não fiz o quê? — perguntei, olhando pra ele como se realmente não soubesse.

— Você sabe muito bem o quê. E pela sua cara, sei que você fez, sim. Caramba, o que é que você estava pensando?

— Não sei do que você está falando, eu...

— Ah, não banque o inocente! — ele retrucou. — A polícia acabou de vir na nossa porta, e o máximo que eu consegui fazer foi convencê-los a deixar que *eu* viesse falar com você sobre o que aconteceu, e não *eles*. Aparentemente, o sr. e a sra. Maclean deram queixa de você por ter invadido o quarto do filho deles no hospital. Diga que não é verdade, pelo amor de Deus. Diga pra mim que eles entenderam errado.

Eu abaixei a cabeça, envergonhado. Por alguns instantes, realmente pensei em dizer que sim, que eles haviam entendido errado, que eu não tinha chegado nem perto do hospital. Por que eu iria até lá, afinal? E provavelmente o

Luke Kennedy poderia providenciar um álibi pra mim, se eu realmente precisasse de um. Mas não dava pra fugir disso. Eu tinha que jogar limpo.

— Não é o que parece — comecei, mas ele me interrompeu e soltou os braços, decepcionado.

— Inacreditável! — ele gritou. — Você não acha que a cota de policiais passando pela nossa casa para trazer más notícias já estourou? Que diabos você estava pensando? Aliás, o que você foi fazer lá?

— Eu queria vê-lo — eu disse. — A Sarah falou que queria que eu fosse e...

— Sarah? — ele perguntou, me encarando com surpresa. — E quem diabos é Sarah? Nunca ouvi você falar dela.

— Sarah Maclean — respondi. — Irmã do Andy.

— Irm... — Ele refletiu sobre isso por um momento, sentou na beirada da cama e começou a balançar a cabeça, rindo um pouquinho. — Você é amigo da irmã daquele garotinho? E nunca me contou?

— Não sou amigo dela — expliquei. — Quer dizer, eu não a conhecia antes de tudo isso ter acontecido. Ela veio até aqui. Umas duas semanas atrás.

— Ela veio até a nossa casa?

— Ela ficou parada do outro lado da rua. Eu vi que ela estava me encarando. Nós conversamos um pouco e depois nos encontramos no parque pra conversar mais. E então ela veio até aqui depois da minha festa de aniversário. — Eu mencionei o aniversário na esperança de que ele pegasse mais leve comigo, considerando como o jantar tinha acabado. — Ela é legal — acrescentei, apesar de não saber muito bem por que eu tinha que dizer isso pra ele.

— Eu não quero saber se ela é legal ou não. Ela não tem

nada que passear por aqui, assim como você não tem que ir visitar o irmão dela no hospital. Como você acha que a sua mãe iria se sentir se trombasse com ela e descobrisse quem ela é?

— Acho que você não escolheu bem as palavras — eu disse.

— Não banque o espertinho comigo — papai disse, levantando e apontando o dedo pra mim. Agora ele parecia realmente bravo, e me arrependi de ter falado aquilo. — O que você acha que os pobres pais daquele menino devem ter sentido quando viram você sair de debaixo da cama dele?

— Ah, eu estou de saco cheio dele! — gritei. — Não tá todo mundo cheio dele? Se ele vai morrer, queria que ele morresse logo e parasse de...

Não cheguei a terminar a frase, porque o papai me deu um tapa no rosto. Só conseguia piscar, espantado pelo que tinha acabado de acontecer. Ele nunca tinha me batido antes. Eu o olhei direto nos olhos e tentei segurar as lágrimas.

— Danny — ele disse baixinho, recuando um pouco e parecendo igualmente chocado pelo que tinha acabado de fazer. — Danny, me desculpa...

Eu parei de escutar. Fechei os olhos, fiquei calado e esperei até ele sair do quarto. Eu não queria mais morar ali, nunca mais.

A campainha tocou uma hora depois e eu achei que estivesse imaginando coisas quando ouvi a voz da Sarah lá embaixo. Desci voando e encontrei o papai conversando com ela.

— Danny, volte pro seu quarto, por favor — ele disse numa voz exausta.

— O que está acontecendo? — perguntei.

— Eu vim pedir desculpas — Sarah disse, parada na soleira. — Minha mãe e meu pai também estão furiosos comigo. Eles acham que estou no meu quarto, mas eu saí pela janela.

— Ah, isso está ficando cada vez melhor — papai disse, rindo impotente. — Sarah, não sei o que dizer. Você realmente não deveria estar aqui. Se os seus pais descobrirem que você sumiu...

— Eles não vão ligar — ela disse. — Eles só pensam no Andy mesmo.

— É porque ele está no hospital — papai disse enquanto esfregava os olhos com uma das mãos. — É natural que eles pensem nele o tempo todo, já que ele está tão mal.

— Será que ela pode subir até o meu quarto pra gente conversar? — perguntei.

— Não! — Papai retrucou. — De jeito nenhum!

— Por que não?

— Porque ela devia estar na casa dela. Os pais dela vão ficar preocupados. E ela não tem por que estar aqui. Vocês dois — ele olhou de um para o outro —, vocês dois não têm nada que ficar amigos. Sarah, eu não tenho nada contra você pessoalmente, mas ter você por perto não facilita o que a nossa família está enfrentando. Você consegue entender isso? E a situação da sua família também não vai melhorar se o Danny ficar visitando o seu irmão ou se escondendo embaixo da cama dele. Por que é tão difícil pra vocês entenderem isso?

— Eu só queria falar com ele — Sarah disse. — Eu queria explicar.

— Vá para a sua casa, Sarah — papai falou.

Ela pensou um pouco e fez um movimento em direção à escada, mas ele ficou na frente dela e balançou a cabeça.

— Vá para a sua casa — ele repetiu. — Por favor. Apenas faça o que eu estou pedindo. Se a Rachel chegar agora...

— Não vá, Sarah — pedi.

Ela olhou pra cima, na minha direção, e balançou a cabeça.

— Desculpa — ela disse —, é melhor eu ir.

— Obrigado — papai disse em voz baixa.

Ela se virou e foi em direção à porta.

— Eu te ligo — gritei enquanto ela saía. — Vou manter contato!

— Não vai, não — papai disse.

Ele fechou a porta assim que ela saiu e eu voltei correndo para o quarto. Ele foi atrás de mim, chamando meu nome, mas não respondi e tranquei a porta. Corri até a janela, pensando em abri-la e gritar para a Sarah. Contudo, ao chegar na beirada vi uma cena que deixou o meu estômago embrulhado de ciúmes.

Sarah estava parada no fim do jardim, mas não estava sozinha. Ela estava conversando com o Luke Kennedy, que parecia falar sem parar. No meio de alguma coisa que o Luke dizia, ela balançou a cabeça e sorriu pra ele, e então ele começou a gargalhar. Minha bicicleta estava largada no gramado de casa e ele apontou pra ela enquanto a Sarah continuava balançando a cabeça pra tudo o que ele dizia. Então o Luke deve ter dito alguma outra coisa, porque ela concordou com a cabeça e ele entrou correndo na casa dele.

Fechei a cara. Não dava pra saber o que estava rolando,

mas boa coisa não podia ser. Detestei ver os dois conversando. Quando eu estava com a mão no trinco para abrir a janela, o Luke apareceu de novo, trazendo a bicicleta dele. Ele passou a perna por cima do cano, mas ficou com os dois pés no chão, sem sentar no selim. Sarah caminhou até ele e segurou em seu braço enquanto se acomodava na traseira da bicicleta. Ele chacoalhou um pouquinho no começo, mas depois controlou a bicicleta e pedalou rua abaixo, dando uma paradinha no final antes de virar à direita e sumir de vista.

Eu não liguei. Não queria ver nenhum deles mesmo, nunca mais. Nem o papai. Ou a mamãe. Olhei pro meu relógio. Eram sete horas e agora eu podia ver a mamãe chegando da rua, com uma caixa de leite na mão. Tomei uma decisão. Esperaria até que todo mundo estivesse dormindo.

E então fugiria de casa.

Esperei até ficar bem escuro, quase onze e meia, antes de sair. A mamãe e o papai já estavam dormindo quando botei umas roupas na mochila e desci até a cozinha, onde peguei uns biscoitos e uma garrafa de água pra levar comigo. Eu não sabia bem pra onde estava indo. Só sabia que não queria mais ficar em casa. De qualquer jeito, eu tinha completado treze anos e achava que já era tempo de seguir meu próprio caminho no mundo. David Copperfield tinha bem menos quando seguiu o dele.

Saí pela porta dos fundos e dei uma olhada na rua pra ver se não tinha ninguém por ali. Então pus a mochila nos ombros, subi na minha bicicleta e fui na direção da rua principal.

Até onde eu sabia, nunca mais iria voltar para casa.

DEZ

Na primeira noite eu nem consegui dormir.

Pedalei até a escola, onde tinha um lugar tranquilo pra me esconder atrás da quadra. Eu devia ter levado um saco de dormir, mas não pensei nisso antes de sair, então tentei dormir assim mesmo. Toda vez que eu fechava os olhos, ficava com medo de que algo fosse aparecer virando a esquina — um cachorro ou um ladrão, talvez — e me matar.

Umas duas horas depois, pensei em voltar pra casa, mas decidi que não. Eu não podia desistir tão fácil. No fim, fiquei acordado a noite toda, só cochilando um pouco quando já estava ficando claro de novo. Aí já passava um pouco das sete da manhã e achei melhor seguir andando, pra não me encontrarem.

Eu tinha levado algum dinheiro de casa — as dez libras que o Pete tinha me mandado de Amsterdam pelo meu aniversário. Encostei minha bicicleta e fui comer um hambúrguer com fritas numa lanchonete. Parecia estranho comer hambúrguer com fritas àquela hora da manhã, mas como a lanchonete estava aberta não achei que fossem me olhar como se eu fosse maluco. Quando voltei, uma coisa ruim

65

tinha acontecido. Alguém tinha roubado a minha bicicleta. Eu a tinha deixado na rua sem o cadeado, porque eu tinha esquecido de pegar a corrente quando saí de casa.

Mais tarde fiquei com fome de novo. Fui atrás de outro hambúrguer com fritas, mas dessa vez tomei um sorvete também, e como o sorvete estava muito bom, pedi outro. Só me restavam três libras agora, mas resolvi que ia me esforçar para fazer com que durassem bastante. Comecei a ficar nervoso enquanto caminhava pelas ruas da cidade, especialmente quando percebia algum policial vindo na minha direção. Eu sabia que o papai já devia ter ligado pra polícia e avisado que eu tinha fugido de casa, então eles deviam estar me procurando. Eu achava que era eu quem tinha que decidir se queria ou não morar na nossa casa, mas sabia que eles não iriam concordar comigo.

Mais ou menos umas quatro da tarde eu entrei num shopping e fui até o cinema no último piso. Estava passando uma sessão especial para crianças naquele horário e o ingresso custava exatamente três libras. Era tudo o que tinha sobrado, mas comprei mesmo assim, porque queria sentar em algum lugar quentinho e tranquilo. Estava cansado de ficar caminhando pelas lojas e me escondendo dos policiais.

À noite, não voltei pra escola porque tinha concluído que durante uma fuga é preciso mudar o lugar onde você dorme, senão alguém pode encontrar você. Então caminhei pela cidade até que ela estivesse quase vazia, fui pro estacionamento atrás do shopping e sentei ali, encostado na parede. O lugar era bem perto daquelas caçambas enormes onde eles punham todo o lixo. Eu ia trocar de lugar por causa do fedor, mas depois de um tempo eu já nem sentia mais o cheiro e decidi ficar por ali mesmo. Eu tinha começado a pensar na minha cama lá em casa, em como ela era confortável e como a mamãe costumava arrumá-la todo dia assim que eu saía pra escola. E isso me deixou triste, mas eu não chorei, porque não se chora quando se está fugindo de casa e vivendo por conta própria.

Eu continuava pensando em comida, porque estava com muita fome e meu estômago fazia uns barulhos engraçados. Mas eu não podia fazer nada, já que não tinha mais dinheiro, e de qualquer forma as lojas já tinham fechado.

Também não consegui dormir naquela noite, mas de vez em quando dava uma pescada e, quando a minha cabeça caía de repente, eu despertava assustado e sentia muito frio por todo o corpo. Eu detestava quando isso acontecia, então tentei ficar acordado, sem sucesso, e isso continuou se repetindo. Aquela noite parecia estar demorando mais do que a anterior. Tentei não ficar olhando para o relógio o tempo todo. E sempre que eu pensava que talvez já tivessem se passado umas duas ou três horas e olhava para ele, via que só tinham se passado dez ou quinze minutos.

Quando amanheceu de novo, levantei e senti o corpo inteiro doer. Meus braços e pernas estavam duros e me dei conta de que não trocava de roupa havia dois dias. Fiquei pensando no que ia fazer durante o dia e resolvi que era hora de ir pra Londres e arrumar um emprego, já que não dava pra ficar daquele jeito pra sempre.

E então eu tive uma surpresa quando passei na frente de uma loja de televisores e parei um pouco para olhar a vitrine. Todos os aparelhos estavam ligados no mesmo canal, e mesmo sem ouvir nada, só pelas imagens, percebi que era o canal de notícias. Apareceu a fotografia de um garoto na tela e eu achei que ele se parecia um pouco comigo. Levou alguns segundos para eu perceber que aquele garoto *era* eu. Quando percebi, meu estômago se revirou todo e então a fotografia saiu da tela de novo. No lugar dela entrou um repórter que estava na frente da minha casa, e achei melhor sair dali correndo, antes que alguém notasse que havia uma celebridade entre eles. Mas estavam todos indo pro trabalho, eu acho, e ninguém nem olhava pra mim enquanto eu caminhava pela rua.

Foi então que percebi que estava totalmente por minha conta.

Algumas horas depois, comecei a ficar preocupado porque estava mesmo com muita fome e meus braços e pernas estavam começando a parecer feitos de gelatina. Pra piorar, eu não dormia havia dois dias e meio e estava sentindo um pouco de tontura. Pensei em voltar pra casa, mas sabia que se fizesse isso eles não me deixariam sair de novo pelo menos até eu completar trinta anos, então descartei a ideia. Eu não tinha certeza do que a mamãe ou o papai fariam comigo caso me encontrassem. Não havia nada que eu quisesse mais do que voltar pra casa e comer um pouco e tomar um banho e sentar na frente da tevê junto com eles.

Como eu tinha me visto no noticiário, sabia que todo mundo devia estar me procurando. Achei melhor arrumar um disfarce, então entrei numa loja de roupas e roubei um gorro de lã. Eu nunca tinha roubado antes. Foi bem mais fácil do que eu pensava. Foi só entrar na maior loja que encontrei, pegar um gorro em uma prateleira, tirar a etiqueta, pôr na cabeça e sair. Senti um pouco de medo enquanto saía da loja. Não veio ninguém atrás de mim, mas comecei a correr só por garantia. Eu estava cansado e faminto demais para ir muito longe, e correr me fez sentir ainda mais tontura, aí parei. Então me vi num espelho e achei que tinha ficado engraçado com o gorro, porque estava muito calor, mas também achei que ninguém iria me reconhecer com ele e por isso continuei usando.

Quando olhei pro relógio já passava da uma da tarde e as ruas estavam lotadas de gente comprando sanduíches e indo almoçar. Cada vez que eu via alguém comendo alguma coisa na rua, sentia minha boca se encher de água e meu estômago doer. Agora ele já não fazia nenhum barulho engraçado, só doía mesmo.

Eu queria ir pra Londres logo, mas não tinha nem ideia de como chegar lá. Não tinha sobrado dinheiro pra comprar uma passagem de trem ou de ônibus; além disso, eu temia que os policiais das estações estivessem me procurando. Desejei que ainda tivesse a minha bicicleta, porque então eu poderia pedalar até lá, mesmo que demorasse algumas semanas pra chegar — faria parte da aventura e eu não iria me importar. Comecei a pensar em ir andando mesmo. E embora a ideia parecesse estúpida, lembrei que o David Copperfield tinha ido a pé de Londres até Dover, e se ele podia, então eu também podia.

Naquela noite, dormi entre as árvores que ficavam na ponta do campo de rúgbi da escola. Eu devia ter pensado naquilo antes, porque o chão ali era muito mais macio que o da quadra ou o do estacionamento, e não deixou minhas costas doendo tanto. Eu usei minha mochila como travesseiro e meu casaco como cobertor, e até consegui dormir por algumas horas. Quando acordei, porém, me sentia pior que antes. Por alguns minutos não soube quem eu era ou por que estava ali ao relento. Quando finalmente me lembrei, me perguntei se as coisas iriam mudar. Apesar de terem se passado apenas três dias desde que eu saíra de casa, parecia que tinham sido três anos, três gerações. Fiquei imaginando se o papai e a mamãe já tinham se acostumado a não me ter mais por perto.

Quando fiquei de pé, no entanto, uma coisa ruim aconteceu. Eu caí. Levantei de novo, e desta vez tive que abrir os braços, como se estivesse caminhando sobre uma corda bamba. Demorei alguns minutos para ficar firme. E quando consegui, meu estômago começou a doer de novo e eu cheguei a me contorcer de tanta dor. Olhei ao redor, me perguntando se havia alguma coisa pra comer por ali, mas me dei conta de que eu não queria mais comer, apesar de não ter comido nada desde aquele segundo hambúrguer na primeira tarde. Eu não estava mais com fome, só com dor.

O dia passou como um borrão, entre caminhadas pelas ruas e vontade de comer. De vez em quando sentia vontade de voltar pra casa, mas sabia que não podia.

Minhas opções de lugar pra ficar estavam acabando, mas como ainda não tinha ido ao parque, decidi dormir lá naquela noite. Não era longe, o que era bom, porque eu sabia que não seria capaz de caminhar muito. Sentia minhas pernas tremendo sem parar.

Cheguei ao parque por volta da meia-noite e o encontrei vazio. Fui até o banco onde tinha sentado com a Sarah, e lembrar disso me deixou triste. No dia em que a encontrei, ainda não tinha consciência de como eu era sortudo por ter um lar para onde voltar, com comida na geladeira e uma mãe e um pai, mesmo que a primeira não falasse mais com ninguém e o segundo tivesse me dado um tapa. Ainda assim, era melhor do que viver daquele jeito. Então eu quis voltar pra casa, mas era tarde demais, porque eu imaginava que eles não iam me querer de volta depois do que eu tinha feito.

Achei um canto sossegado perto de uns arbustos e apoiei a cabeça na mochila, como tinha feito na noite anterior, mas quando estava começando a deitar no chão, acabei caindo e batendo o braço numa árvore. Tentei levantar mas não consegui, porque as minhas pernas não estavam mais funcionando. Olhei para o meu braço quando ele começou a sangrar, mas não estava doendo, e quanto mais eu olhava para ele, mais tonto eu ficava. Olhei ao redor, para as árvores e os arbustos do parque, e todas as cores foram ficando embaçadas, até eu não saber mais onde estava. Eu sentia que o parque estava encolhendo e encolhendo e encolhendo e me comprimindo, e que ia acabar me sufocando e seria o fim. Eu simplesmente morreria, ou talvez entrasse em coma, como aquele garoto cujo nome eu já não conseguia mais lembrar. Então tentei arregalar os olhos para mandar todo aquele enjoo embora. Mas isso só fez o meu estômago doer ainda mais.

Gritei e me encolhi para fazer a dor parar, e pensei que, se eu pelo menos conseguisse ficar de pé, então eu iria melhorar. Mas sempre que eu tentava levantar as minhas pernas falhavam e eu caía de novo. Na última vez que tentei, caí com ainda mais força, de costas. Fiquei lá, olhando para o céu, e resolvi que não ia levantar nunca mais. Apenas ficaria por ali sem me mexer até eles me encontrarem. Fiquei me perguntando se iria morrer.

Comecei a fechar os olhos e tudo ficou escuro, mas assim que eu fiz isso, assim que fechei os olhos, senti uma felicidade esquisita. Era como se alguém estivesse acima de mim, dizendo meu nome, mas eu não sabia quem era, então achei que estivesse imaginando coisas.

Então a figura se abaixou e eu senti seus braços passando por baixo de mim e me levantando, fui erguido do chão e já não doía mais, porque eu não sentia mais nada. Pensei que aquilo era morrer, que aquele era o momento da minha morte, mas eu não tinha certeza se era mesmo. Tentei o máximo que pude abrir os olhos pela última vez pra ver quem era, pra saber quem havia me encontrado, quem estava me carregando através do parque, quem salvara a minha vida. Quando consegui, quando abri os olhos, descobri quem era. Eu queria conversar com ele, mas minha voz não saía mais. Só consegui dizer uma palavra, e ela saiu rouca, nem parecia a minha voz. Depois de dizê-la, fechei os olhos e tudo ficou escuro.

— Pete — eu disse.

ONZE

Então, certa manhã, do nada, o Andy acordou.

Uma enfermeira entrou no quarto pra ver se estava tudo bem e lá estava ele: deitado, os olhos arregalados, acordadão, perguntando onde estava e o que estava fazendo ali e chamando pelos pais. Nós estávamos tomando café da manhã na cozinha quando o telefone tocou. Papai foi atender, e quando voltou estava um tanto pálido, e ninguém sabia o que tinha acontecido. Ele foi direto até a mamãe, que devia estar pensando o pior, mas a abraçou e disse que ia ficar tudo bem. Que o Andy estava consciente de novo. Que ele não estava mais em coma. Que ele não ia morrer. Foi aí que ela começou a chorar, mas não era igual ao choro que ela tinha chorado durante todo o fim do verão. Ela estava chorando porque tudo tinha acabado e o Andy enfim ia melhorar.

Isso foi na primeira manhã depois que eu voltei do hospital. Eu tinha sido levado pra lá depois que o Pete me encontrou no parque e tive que ficar internado por seis dias, porque o médico disse que eu corria o risco de pegar uma pneumonia, além de estar desidratado. Eu não me lembro de quase nada desses dias, só da fome que eu sentia quando acordei na cama do hospital. Mas eles só me davam porções pequenas de comida, dizendo que não queriam chocar o meu organismo. E estava todo mundo lá, cuidando de mim: o Pete, o papai e até a mamãe. A família toda junto de novo.

Em casa, eu deveria ficar na cama o dia inteiro, até recuperar as minhas forças. Pelo menos foi isso o que os médicos disseram. Então algumas horas depois eu estava de volta ao meu quarto quando o Pete bateu na porta, entrou e a fechou atrás de si.

— Já te contaram? — ele perguntou, com um sorriso enorme no rosto.

— Sim — respondi. Já era quase a hora do almoço, e ele tinha acabado de levantar. Seu cabelo estava todo desgrenhado e ele estava precisando fazer a barba.

— E você? Como é que está se sentindo agora? — ele me perguntou.

— Estou bem. Um pouco cansado. Toda hora caio no sono. E continuo com fome, mesmo depois de comer.

— Logo, logo você vai voltar ao normal — ele disse. — Você deu um baita susto na gente, sabia? A mamãe e o papai quase enlouqueceram.

Concordei com a cabeça e desviei o olhar. Eu me sentia um pouco envergonhado, ainda mais porque ninguém parecia estar bravo comigo por ter fugido. Pelo contrário: eles pareciam mais legais comigo agora do que antes.

— Quando você voltou? — perguntei. — Pensei que estivesse na Europa.

— Eu estava na Europa. Em Praga. Até que o papai me ligou e contou que você tinha sumido.

— E você voltou?

Ele sentou, parecendo surpreso.

— Claro que eu voltei. O que é que você acha? Eu voltei na hora. Cheguei aqui seis horas depois daquele telefonema. Estava todo mundo te procurando. Fazia três dias que você tinha sumido, Danny — ele disse então, com uma cara muito séria. — O que você fez, afinal?

— Só andei por aí. No primeiro dia comi uns hambúrgueres e fiquei passeando pelas lojas. Então tentei dormir em lugares diferentes, mas não era fácil, porque eu estava ao ar livre. Quando cheguei ao parque naquela noite fazia um tempão que eu não comia, e não estava me sentindo bem, pensei que ia morrer. Mas você me encontrou.

Ele sorriu um pouquinho, mas ao mesmo tempo parecia triste.

— Você não devia ter feito isso, Danny. Você sabe, né? Não devia ter fugido desse jeito.

— Mas eu não tive escolha. Você não sabe o que eu estava passando. Você não estava aqui. A mamãe não falava com ninguém e ficava andando por aí que nem um fantasma. E o papai tinha que fazer todas as coisas da casa e ele não era bom em nenhuma delas. Então ele ficou bravo comigo porque eu fiquei amigo da irmã do Andy...

— É, ouvi falar disso também — Pete disse, balançando a cabeça. — Isso não foi muito esperto.

— Por que não? O que é que tem de errado?

— É só que você passou todo o seu tempo com essa menina, tentando fazer com que ela ficasse bem, mas em vez disso devia ter cuidado da mamãe. É pra isso que a gente tá aqui.

— Mas ela nem falava comigo — me defendi. — Você não estava aqui, Pete. Você não sabe.

— Sei que eu não estava aqui, mas...

— E eu aposto que agora nem vai mais ficar — acrescentei.

Pete suspirou.

— Bom, o verão já tá quase no fim. Mais algumas semanas e vou ter que voltar pra faculdade.

Comecei a ficar chateado com ele, achando que nada teria acontecido se ele estivesse ali desde o início.

— Mas você tinha dito que não ia fazer faculdade longe — eu falei. — Você disse isso pra mim no ano passado. E depois mudou de ideia e foi pra Escócia, mesmo depois de dizer que ia ficar aqui comigo.

— Danny, eu precisava de uma mudança...

— Mas você me prometeu!

— Eu não te prometi nada — ele disse mantendo a calma, apesar de eu estar cada vez mais bravo. — Mas eu prometo que deixo você ir me visitar se também me prometer uma coisa.

— Combinado — eu disse. — O quê?

— Que você nunca mais vai fazer uma coisa tão estúpida. Que, se um dia você sentir vontade de fugir de casa, vai me ligar pra gente conversar antes de tomar qualquer atitude. Tá bom?

— Tá bom — eu disse, concordando com a cabeça. — Eu prometo.

— Bom — ele disse, levantando e bagunçando o meu cabelo. — Então eu também prometo. É melhor eu ir tomar um banho agora. Tô acabado.

— Obrigado por me salvar — eu disse, e ele se virou e sorriu pra mim.

— Não é pra isso que servem os irmãos?

* * *

Fomos passar uns dias com a vovó e o vovô antes de as aulas voltarem. Pete não foi com a gente, disse que ainda dava pra aproveitar e ir pra Viena e Berlim, então a mamãe perguntou ao Luke Kennedy se ele queria vir com a gente no lugar do Pete. No fim das contas, o Luke levou a Sarah pra casa dela de bicicleta naquele dia porque queria dizer aos pais dela que eu não era tão horrível quanto eles pensavam. O encontro deles também não acabou bem, eu acho. Mesmo assim, não demorou muito para nós três ficarmos amigos, o que acabou gerando outros problemas mais tarde, mas isso é outra história.

— Você parece bem melhor, garoto — Benjamin Benson me disse enquanto eu ia até o carro. — Mas você deu um susto e tanto na gente!

— Agora já passou — a sra. Kennedy disse. — Você teve um verão difícil, não foi, Danny?

— Acho que sim — eu disse, colocando a mochila no carro. — Obrigado por deixar o Luke vir com a gente.

— Deixar ele ir? — ela disse, rindo. — Deus me livre, Danny. Se eu não tivesse deixado, ele não ia parar de reclamar nem por um segundo. Cá entre nós, o verão dele também não foi lá essas coisas. Era pra ele ter passado bem mais tempo com o pai, mas… — Ela encolheu os ombros, depois ficou ereta de novo, balançando a cabeça, e o sr. Benson a abraçou pela cintura. — Ó, lá vem ele — ela disse então, enquanto o Luke saía da minha casa com a mamãe, ajudando a carregar as malas.

— Viram que cavalheiro? — mamãe disse, dando seu primeiro sorriso depois de tanto tempo. Ela tinha ido ao cabeleireiro no dia anterior e estava voltando a ficar parecida com a minha mãe de antes. Estava usando jeans novos e uma blusa branca, e parecia não ver a hora de deixar aqueles dias pra trás. — Ele entrou e se ofereceu para ajudar com a bagagem. Vocês o educaram muito bem, Alice.

A sra. Kennedy soltou uma gargalhada.

— Em casa ele não é assim — ela disse.

— Sou sim — Luke resmungou, colocando a mala no bagageiro do carro.

Nos dias seguintes, passamos a maior parte do tempo caminhando pelos campos perto da casa da vovó e do vovô. Foi num desses passeios que o Luke me contou que não via o pai desde antes do Natal, e que toda vez que ligava para ele, no começo ele parecia feliz por estar falando com o Luke, mas aí ele só falava um pouquinho antes de dizer que tinha que desligar. E que toda vez que combinavam de passar um tempo juntos, o pai dava uma desculpa pra cancelar o encontro na véspera. Então o Luke decidiu que não ia mais pedir, porque toda vez que aquilo acontecia ele ficava triste.

— O Benjamin — ele disse pra mim numa tarde, quando estávamos caminhando pela fazenda, procurando coelhos. — Até que ele não é tão mau assim, né?

— Eu gosto dele — eu disse. — Ele é divertido.

— Ele é meio bobo.

— Bom, é verdade — reconheci. — Um pouco. Mas ele é divertido também.

Luke concordou com a cabeça.

— Ele me deu vinte libras quando a gente estava saindo. E disse que não era pra eu contar pra minha mãe, e que eu podia gastar tudo em doces e em coisas que eu achasse legais. Disse também que, quando as aulas voltarem e a nova temporada de futebol começar, ele vai me levar pra assistir algumas partidas no estádio, se eu quiser.

— E o que você disse?

Ele deu de ombros.

— Eu disse que tanto faz — ele respondeu, e eu sabia que aquilo significava que ele iria, sim.

Na última noite de férias, um pouco antes de eu ir pra cama, a mamãe bateu na porta do meu quarto e entrou para ver como eu estava.

— Posso entrar? — ela perguntou, e eu concordei. Eu cheguei pro lado, ela sentou na beirada e ficou me olhando um pouquinho, como se estivesse tentando entender alguma coisa. Então ela sorriu para mim e balançou a cabeça.

— Tudo pronto pra amanhã? — ela perguntou.

— Acho que sim.

— Que bom. Sinto muito por você não ter aproveitado muito as férias.

— Não tem problema.

— Tem, sim, Danny. Foi um período tão difícil... Eu sei que ninguém jamais vai entender o que eu estava passando, como era me sentir responsável por uma coisa daquelas, mas só de pensar em causar algum mal àquele menino... Se ele não tivesse melhorado, não sei como eu teria me recuperado. Pra falar a verdade, não consigo nem me ver dirigindo de novo.

— Mas não foi culpa sua.

— Eu sei, eu sei — ela disse, sorrindo. — Mas isso não importa. Eu não me sinto segura. Olha quantas pessoas foram afetadas. E veja o que eu fiz com você.

— Mas você não fez nada pra mim — eu disse, porque era estranho ver a mamãe me pedindo desculpas. Era eu quem costumava pedir desculpas pra ela pelas coisas que eu fazia.

— Fiz, sim. Eu te abandonei. Eu não fui sua mãe durante aquelas semanas, e olha no que deu. Várias coisas ruins podiam ter acontecido enquanto você estava lá fora. Nunca mais faça isso comigo, está me ouvindo? — ela acrescentou, muito séria, e eu concordei com a cabeça.

— Pode deixar — eu disse.

— Bom, agora é passado. Amanhã você volta pra escola. Andy Maclean está de volta com a família dele. Tudo está como deveria estar. A partir de amanhã vamos todos voltar ao normal, certo?

Sorri e fiz que sim com a cabeça. Era o que eu queria ouvir. Ela se inclinou para me dar um beijo antes de levantar e seguir em direção à porta.

— Não fique acordado até tarde — ela disse antes de sair. — Você tem aula de manhã.

— Não vou ficar — respondi.

Ela saiu do quarto e eu fiquei sentado na cama por alguns momentos. Eu sentia que todos os problemas das últimas semanas finalmente tinham acabado, e que a minha vida antiga, aquela que eu achei que havia perdido para sempre, voltaria pra mim assim que eu acordasse na manhã seguinte. Estendi o braço para a minha mesinha de cabeceira e peguei o *David Copperfield*. Fazia um tempão que eu não lia, e já era hora de retomar a leitura, porque eu tinha perdido muito tempo naquele verão, quando já podia ter terminado aquele e começado outro livro.

Meu marcador de página ainda estava lá, na metade, e eu comecei a ler de onde tinha parado. Era a parte em que o David vai atrás da Agnes depois de ficar bêbado no teatro na noite anterior e ela diz que aquilo não tem importância, que ela o perdoa, e ele diz à Agnes que ela é o seu anjo da guarda.

SOBRE O AUTOR

JOHN BOYNE nasceu em Dublin, capital da Irlanda, em 1971. Estudou língua inglesa no Trinity College e literatura criativa em Norwich, na faculdade de East Anglia. Como começar a vida de escritor não é fácil — é preciso ler muito, escrever mais ainda e depois encontrar algum editor que goste do que se escreveu —, assim que ele terminou os estudos foi trabalhar numa grande livraria, para ao menos ficar perto das letras. Acordava de madrugada todo dia a fim de escrever por algumas horas antes de ir trabalhar. E deu certo: hoje é autor de sete romances, vários contos e artigos de jornal. Sua obra recebeu diversos prêmios e foi traduzida para trinta e quatro línguas. Diferentemente dos outros livros dele, muito pensados e planejados, *O menino do pijama listrado* foi escrito em apenas dois dias e meio; assim mesmo, de uma vez. E parece ter funcionado: na terra natal do autor, o livro foi o mais vendido por cerca de um ano, e transformado em filme. John tem um site (em inglês) na internet: <www.johnboyne.com>.

ESTA OBRA FOI COMPOSTA EM PALATINO PELO ESTÚDIO O.L.M. / FLAVIO PERALTA
E IMPRESSA EM OFSETE PELA GEOGRÁFICA SOBRE PAPEL ALTA ALVURA DA
SUZANO PAPEL E CELULOSE PARA A EDITORA SCHWARCZ EM FEVEREIRO DE 2015

A marca FSC® é a garantia de que a madeira utilizada na fabricação do papel deste livro provém de florestas que foram gerenciadas de maneira ambientalmente correta, socialmente justa e economicamente viável, além de outras fontes de origem controlada.